Trois nouvelles extraordinaires

Première de couverture : © Ricciarini/Leemage.
Deuxième de couverture : © Fototeca/Leemage.
Troisième de couverture : © photo CNAC/MNAM. Dist. RMN © L&M Services BV. The Hague 20090111.
Page 148 : © Selva/Leemage.

ISBN 978-2-7011-4981-3
ISSN 1958-0541

CLASSICOCOLLÈGE

Trois nouvelles extraordinaires

EDGAR ALLAN POE

Traduction de Charles Baudelaire

Dossier par Marguerite Laurent
Certifiée de lettres modernes

BELIN ■ GALLIMARD

Sommaire

Introduction

En 1856, Charles Baudelaire publie une traduction de textes d'Edgar Allan Poe : les *Histoires extraordinaires*. Dans la préface de cette édition, Baudelaire plaide en faveur du « prodigieux talent pour le grotesque et l'horrible » de l'écrivain américain.

Ce recueil rassemble trois nouvelles qui sont représentatives des voies empruntées par Poe pour parvenir à ce qui est pour lui le but de la littérature : faire « effet » sur le lecteur.

La nouvelle *Double assassinat dans la rue Morgue* est considérée comme l'une des premières intrigues policières. En compagnie du narrateur, le détective Dupin enquête sur un meurtre mystérieux. Récit d'angoisse et d'hallucination, *Le Chat noir* laisse apparaître un narrateur peu à peu dépassé par la haine qui l'habite au contact de chats maléfiques. Dans la nouvelle fantastique *Ligeia*, un homme ressent un sentiment d'étrangeté quand, lors de l'agonie de sa seconde épouse Rowena, il assiste à l'apparition de sa première femme Ligeia...

Comme l'écrit Baudelaire, en découvrant l'œuvre d'Edgar Allan Poe, « le lecteur est lié par le vertige » ; il ne peut qu'être fasciné par ces trois histoires, terrifiantes et angoissantes.

Double assassinat dans la rue Morgue

Première parution
dans le *Graham's Magazine*
d'avril 1841

Quelle chanson chantaient les sirènes ? quel nom Achille avait-il pris, quand il se cachait parmi les femmes ? Questions embarrassantes, il est vrai, mais qui ne sont pas situées au-delà de toute conjecture.

SIR THOMAS BROWNE[1].

Les facultés de l'esprit qu'on définit par le terme *analytiques* sont en elles-mêmes fort peu susceptibles d'analyse. Nous ne les apprécions que par leurs résultats. Ce que nous en savons, entre autres choses, c'est qu'elles sont pour celui qui les possède à un degré extraordinaire une source de jouissances des plus vives. De même que l'homme fort se réjouit dans son aptitude physique, se complaît dans les exercices qui provoquent les muscles à l'action, de même l'analyste prend sa gloire dans cette activité spirituelle dont la fonction est de débrouiller. Il tire du plaisir même des plus triviales[2] occasions qui mettent ses talents en jeu. Il raffole des énigmes, des rébus, des hiéroglyphes ; il déploie dans chacune des solutions une puissance de perspicacité qui, dans l'opinion vulgaire[3], prend un caractère surnaturel. Les résultats, habilement déduits par l'âme même et l'essence de sa méthode, ont réellement tout l'air d'une intuition.

1. Écrivain anglais du XVIIe siècle.
2. **Triviales** : banales.
3. **Vulgaire** : commune.

Cette faculté de *résolution* tire peut-être une grande force de l'étude des mathématiques, et particulièrement de la très haute branche de cette science, qui, fort improprement et simplement en raison de ses opérations rétrogrades, a été nommée l'analyse, comme si elle était l'analyse par excellence. Car, en somme, tout calcul n'est pas en soi une analyse. Un joueur d'échecs, par exemple, fait fort bien l'un sans l'autre. Il suit de là que le jeu d'échecs, dans ses effets sur la nature spirituelle, est fort mal apprécié. Je ne veux pas écrire ici un traité de l'analyse, mais simplement mettre en tête d'un récit passablement singulier[1] quelques observations jetées tout à fait à l'abandon et qui lui serviront de préface.

Je prends donc cette occasion de proclamer que la haute puissance de la réflexion est bien plus activement et plus profitablement exploitée par le modeste jeu de dames que par toute la laborieuse futilité des échecs. Dans ce dernier jeu où les pièces sont douées de mouvements divers et bizarres, et représentent des valeurs diverses et variées, la complexité est prise, erreur fort commune, pour de la profondeur. L'attention y est puissamment mise en jeu. Si elle se relâche d'un instant, on commet une erreur, d'où il résulte une perte ou une défaite. Comme les mouvements possibles sont non seulement variés, mais inégaux en *puissance*, les chances de pareilles erreurs sont très multipliées ; et dans neuf cas sur dix, c'est le joueur le plus attentif qui gagne et non pas le plus habile. Dans les dames, au contraire, où le mouvement est simple dans son espèce et ne subit que peu de variations, les probabilités d'inadvertance[2] sont beaucoup moindres, et l'attention n'étant pas absolument et entièrement accaparée, tous les avantages remportés par chacun des joueurs ne peuvent être remportés que par une perspicacité supérieure.

Pour laisser là ces abstractions, supposons un jeu de dames où la totalité des pièces soit réduite à quatre *dames*, et où natu-

1. **Singulier** : extraordinaire, étrange.
2. **Inadvertance** : inattention, étourderie.

rellement il n'y ait pas lieu de s'attendre à des étourderies. Il est évident qu'ici la victoire ne peut être décidée, les deux parties étant absolument égales, que par une tactique habile, résultat de quelque puissant effort de l'intellect. Privé des ressources ordinaires, l'analyste entre dans l'esprit de son adversaire, s'identifie avec lui, et souvent découvre d'un seul coup d'œil l'unique moyen – un moyen quelquefois absurdement simple – de l'attirer dans une faute ou de le précipiter dans un faux calcul.

On a longtemps cité le whist[1] pour son action sur la faculté du calcul ; et on a connu des hommes d'une haute intelligence qui semblaient y prendre un plaisir incompréhensible et dédaignaient les échecs comme un jeu frivole. En effet, il n'y a aucun jeu analogue qui fasse plus travailler la faculté de l'analyse. Le meilleur joueur d'échecs de la chrétienté ne peut guère être autre chose que le meilleur joueur d'échecs ; mais la force au whist implique la puissance de réussir dans toutes les spéculations[2] bien autrement importantes où l'esprit lutte avec l'esprit.

Quand je dis la force, j'entends cette perfection dans le jeu qui comprend l'intelligence de tous les cas dont on peut légitimement faire son profit. Ils sont non seulement divers, mais complexes, et se dérobent souvent dans des profondeurs de la pensée absolument inaccessibles à une intelligence ordinaire.

Observer attentivement, c'est se rappeler distinctement ; et, à ce point de vue, le joueur d'échecs capable d'une attention très intense jouera fort bien au whist, puisque les règles de Hoyle, basées elles-mêmes sur le simple mécanisme du jeu, sont facilement et généralement intelligibles.

Aussi, avoir une mémoire fidèle et procéder d'après le livre sont des points qui constituent pour le vulgaire le *summum* du bien jouer. Mais c'est dans les cas situés au-delà de la règle que le talent de l'analyste se manifeste ; il fait en silence une foule

1. **Whist** : jeu de cartes.
2. **Spéculations** : calculs.

d'observations et de déductions. Ses partenaires en font peut-être autant; et la différence d'étendue dans les renseignements ainsi acquis ne gît pas tant dans la validité de la déduction que dans la qualité de l'observation. L'important, le principal est de savoir ce qu'il faut observer. Notre joueur ne se confine pas dans son jeu, et, bien que ce jeu soit l'objet actuel de son attention, il ne rejette pas pour cela les déductions qui naissent d'objets étrangers au jeu. Il examine la physionomie[1] de son partenaire, il la compare soigneusement avec celle de chacun de ses adversaires. Il considère la manière dont chaque partenaire distribue ses cartes; il compte souvent, grâce aux regards que laissent échapper les joueurs satisfaits, les atouts et les *honneurs*[2], un à un. Il note chaque mouvement de la physionomie, à mesure que le jeu marche, et recueille un capital de pensées dans les expressions variées de certitude, de surprise, de triomphe ou de mauvaise humeur. À la manière de ramasser une levée[3], il devine si la même personne en peut faire une autre dans la suite. Il reconnaît ce qui est joué par feinte à l'air dont c'est jeté sur la table. Une parole accidentelle, involontaire, une carte qui tombe, ou qu'on retourne par hasard, qu'on ramasse avec anxiété ou avec insouciance; le compte des levées et l'ordre dans lequel elles sont rangées; l'embarras, l'hésitation, la vivacité, la trépidation[4], tout est pour lui symptôme, diagnostic, tout rend compte à cette perception, intuitive en apparence, du véritable état des choses. Quand les deux ou trois premiers tours ont été faits, il possède à fond le jeu qui est dans chaque main, et peut dès lors jouer ses cartes en parfaite connaissance de cause, comme si tous les autres joueurs avaient retourné les leurs.

La faculté d'analyse ne doit pas être confondue avec la simple ingéniosité; car, pendant que l'analyste est nécessairement ingénieux,

---

1. **Physionomie** : traits du visage.
2. **Atouts, honneurs** : cartes les plus fortes.
3. **Levée** : cartes jouées puis ramassées par le gagnant.
4. **Trépidation** : vive agitation.

il arrive souvent que l'homme ingénieux est absolument incapable d'analyse. La faculté de combinaison, ou constructivité, par laquelle se manifeste généralement cette ingéniosité, et à laquelle les phrénologues[1] – ils ont tort, selon moi – assignent un organe à part, en supposant qu'elle soit une faculté primordiale, a paru dans des êtres dont l'intelligence était limitrophe de l'idiotie, assez souvent pour attirer l'attention générale des écrivains psychologistes. Entre l'ingéniosité et l'aptitude analytique, il y a une différence beaucoup plus grande qu'entre l'imaginative[2] et l'imagination, mais d'un caractère rigoureusement analogue. En somme, on verra que l'homme ingénieux est toujours plein d'imaginative, et que l'homme *vraiment* imaginatif n'est jamais autre chose qu'un analyste.

Le récit qui suit sera pour le lecteur un commentaire lumineux des propositions que je viens d'avancer.

Je demeurais à Paris, pendant le printemps et une partie de l'été de 18.., et j'y fis la connaissance d'un certain C. Auguste Dupin. Ce jeune gentleman appartenait à une excellente famille, une famille illustre même ; mais par une série d'événements malencontreux, il se trouva réduit à une telle pauvreté, que l'énergie de son caractère y succomba, et qu'il cessa de se pousser dans le monde et de s'occuper du rétablissement de sa fortune. Grâce à la courtoisie de ses créanciers[3], il resta en possession d'un petit reliquat de son patrimoine ; et, sur la rente[4] qu'il en tirait, il trouva moyen, par une économie rigoureuse, de subvenir aux nécessités de la vie, sans s'inquiéter autrement des superfluités[5]. Les livres étaient véritablement son seul luxe, et à Paris on se les procure facilement.

---

1. **Phrénologues** : savants étudiant le caractère de l'homme d'après la forme du crâne.
2. **Imaginative** : rêverie.
3. **Créanciers** : personnes auxquelles on doit de l'argent.
4. **Rente** : revenu perçu périodiquement.
5. **Superfluités** : choses superflues, qui ne sont pas nécessaires.

Notre première connaissance se fit dans un obscur cabinet de lecture de la rue Montmartre, par ce fait fortuit[1] que nous étions tous deux à la recherche d'un même livre, fort remarquable et fort rare ; cette coïncidence nous rapprocha. Nous nous vîmes toujours de plus en plus. Je fus profondément intéressé par sa petite histoire de famille, qu'il me raconta minutieusement avec cette candeur[2] et cet abandon, ce sans-façon du *moi*, qui est le propre de tout Français quand il parle de ses propres affaires.

Je fus aussi fort étonné de la prodigieuse étendue de ses lectures, et par-dessus tout je me sentis l'âme prise par l'étrange chaleur et la vitale fraîcheur de son imagination. Cherchant dans Paris certains objets qui faisaient mon unique étude, je vis que la société[3] d'un pareil homme serait pour moi un trésor inappréciable, et dès lors je me livrai franchement à lui. Nous décidâmes enfin que nous vivrions ensemble tout le temps de mon séjour dans cette ville ; et comme mes affaires étaient un peu moins embarrassées que les siennes, je me chargeai de louer et de meubler, dans un style approprié à la mélancolie fantasque[4] de nos deux caractères, une maisonnette antique et bizarre que des superstitions dont nous ne daignâmes pas nous enquérir avaient fait déserter, tombant presque en ruine, et située dans une partie reculée et solitaire du faubourg Saint-Germain.

Si la routine de notre vie dans ce lieu avait été connue du monde, nous eussions passé pour deux fous, peut-être pour des fous d'un genre inoffensif. Notre réclusion était complète ; nous ne recevions aucune visite. Le lieu de notre retraite était resté un secret, soigneusement gardé, pour mes anciens camarades ; et il y avait plusieurs années que Dupin avait cessé de voir du monde et de se répandre dans Paris. Nous ne vivions qu'entre nous.

1. **Fortuit** : imprévu, inattendu.
2. **Candeur** : naïveté.
3. **Société** : compagnie.
4. **Fantasque** : imprévisible.

Mon ami avait une bizarrerie d'humeur, car comment définir cela? c'était d'aimer la nuit pour l'amour de la nuit; la nuit était sa passion; et je tombai moi-même tranquillement dans cette bizarrerie, comme dans toutes les autres qui lui étaient propres, me laissant aller au courant de toutes ses étranges originalités avec un parfait abandon. La noire divinité ne pouvait pas toujours demeurer avec nous; mais nous en faisions la contrefaçon. Au premier point du jour, nous fermions tous les lourds volets de notre masure, nous allumions une couple de bougies fortement parfumées, qui ne jetaient que des rayons très faibles et très pâles. Au sein de cette débile[1] clarté, nous livrions chacun notre âme à ses rêves, nous lisions, nous écrivions, ou nous causions, jusqu'à ce que la pendule nous avertît du retour de la véritable obscurité. Alors, nous nous échappions à travers les rues, bras dessus bras dessous, continuant la conversation du jour, rôdant au hasard jusqu'à une heure très avancée, et cherchant à travers les lumières désordonnées et les ténèbres de la populeuse[2] cité ces innombrables excitations spirituelles que l'étude paisible ne peut pas donner.

Dans ces circonstances, je ne pouvais m'empêcher de remarquer et d'admirer, quoique la riche idéalité dont il était doué eût dû m'y préparer, une aptitude analytique particulière chez Dupin. Il semblait prendre un délice âcre à l'exercer, peut-être même à l'étaler, et avouait sans façon tout le plaisir qu'il en tirait. Il me disait à moi, avec un petit rire tout épanoui, que bien des hommes avaient pour lui une fenêtre ouverte à l'endroit de leur cœur, et d'habitude il accompagnait une pareille assertion[3] de preuves immédiates et des plus surprenantes, tirées d'une connaissance profonde de ma propre personne.

Dans ces moments-là ses manières étaient glaciales et distraites; ses yeux regardaient dans le vide; et cependant sa voix, une riche voix de ténor, habituellement, triplait en sonorité; c'eût

1. **Débile** : faible.
2. **Populeuse** : très peuplée.
3. **Assertion** : affirmation.

été de la pétulance[1], sans l'absolue délibération de son parler et la parfaite certitude de son accentuation. Je l'observais dans ces allures, et je rêvais souvent à la vieille philosophie de l'*âme double*, je m'amusais de l'idée d'un Dupin double, un Dupin créateur et un Dupin analyste.

Qu'on ne s'imagine pas, d'après ce que je viens de dire, que je vais dévoiler un grand mystère ou écrire un roman. Ce que j'ai remarqué dans ce singulier Français était simplement le résultat d'une intelligence surexcitée, malade peut-être. Mais un exemple donnera une meilleure idée de la nature de ses observations à l'époque dont il s'agit.

Une nuit, nous flânions dans une longue rue sale, avoisinant le Palais-Royal. Nous étions plongés chacun dans nos propres pensées, en apparence du moins, et depuis près d'un quart d'heure, nous n'avions pas soufflé une syllabe. Tout à coup Dupin lâcha ces paroles :

– C'est un bien petit garçon, en vérité ; et il serait mieux à sa place au théâtre des Variétés.

– Cela ne fait pas l'ombre d'un doute, répliquai-je sans y penser et sans remarquer d'abord, tant j'étais absorbé, la singulière façon dont l'interrupteur adaptait sa parole à ma propre rêverie. Une minute après, je revins à moi, et mon étonnement fut profond.

– Dupin, dis-je, très gravement, voilà qui passe mon intelligence. Je vous avoue, sans ambages[2], que j'en suis stupéfié, et que j'en peux à peine croire mes sens. Comment a-t-il pu se faire que vous ayez deviné que je pensais à… ? Mais je m'arrêtai pour m'assurer indubitablement[3] qu'il avait réellement deviné à qui je pensais.

1. **Pétulance** : exubérance, fougue.
2. **Sans ambages** : sans détours.
3. **Indubitablement** : sans aucun doute.

– À Chantilly? dit-il; pourquoi vous interrompre? Vous faisiez en vous-même la remarque que sa petite taille le rendait impropre à la tragédie.

C'était précisément ce qui faisait le sujet de mes réflexions. Chantilly était un ex-savetier[1] de la rue Saint-Denis qui avait la rage du théâtre, et avait abordé le rôle de Xerxès dans la tragédie de Crébillon[2]; ses prétentions étaient dérisoires; on en faisait des gorges chaudes[3].

– Dites-moi, pour l'amour de Dieu! la méthode, si méthode il y a, à l'aide de laquelle vous avez pu pénétrer mon âme, dans le cas actuel!

En réalité, j'étais encore plus étonné que je n'aurais voulu le confesser.

– C'est le fruitier, répliqua mon ami, qui vous a amené à cette conclusion que le raccommodeur de semelles n'était pas de taille à jouer Xerxès et tous les rôles de ce genre.

– Le fruitier! vous m'étonnez! je ne connais de fruitier d'aucune espèce.

– L'homme qui s'est jeté contre vous, quand nous sommes entrés dans la rue, il y a peut-être un quart d'heure.

Je me rappelai alors qu'en effet un fruitier, portant sur sa tête un grand panier de pommes, m'avait presque jeté par terre par maladresse, comme nous passions de la rue C… dans l'artère principale où nous étions alors. Mais quel rapport cela avait-il avec Chantilly? Il m'était impossible de m'en rendre compte.

Il n'y avait pas un atome de charlatanerie dans mon ami Dupin.

– Je vais vous expliquer cela, dit-il, et pour que vous puissiez comprendre tout très clairement, nous allons d'abord reprendre la série de vos réflexions, depuis le moment dont je vous parle

1. **Savetier** : cordonnier.
2. Roi de Perse du Vᵉ siècle av. J.-C., Xerxès est le héros d'une pièce de Crébillon, auteur français du XVIIIᵉ siècle.
3. **On en faisait des gorges chaudes** : on se moquait de lui.

jusqu'à la rencontre du fruitier en question. Les anneaux principaux de la chaîne se suivent ainsi : *Chantilly, Orion, le docteur Nichols, Épicure, la stéréotomie, les pavés, le fruitier*[1].

Il est peu de personnes qui ne se soient amusées, à un moment quelconque de leur vie, à remonter le cours de leurs idées et à rechercher par quels chemins leur esprit était arrivé à certaines conclusions. Souvent cette occupation est pleine d'intérêt, et celui qui l'essaie pour la première fois est étonné de l'incohérence et de la distance, immense en apparence, entre le point de départ et le point d'arrivée.

Qu'on juge donc de mon étonnement quand j'entendis mon Français parler comme il avait fait, et que je fus contraint de reconnaître qu'il avait dit la pure vérité.

Il continua :

– Nous causions de chevaux, si ma mémoire ne me trompe pas, juste avant de quitter la rue C… Ce fut notre dernier thème de conversation. Comme nous passions dans cette rue-ci, un fruitier, avec un gros panier sur la tête, passa précipitamment devant nous, vous jeta sur un tas de pavés amoncelés dans un endroit où la voie est en réparation. Vous avez mis le pied sur une des pierres branlantes; vous avez glissé, vous vous êtes légèrement foulé la cheville; vous avez paru vexé, grognon; vous avez marmotté[2] quelques paroles; vous vous êtes retourné pour regarder le tas, puis vous avez continué votre chemin en silence. Je n'étais pas absolument attentif à tout ce que vous faisiez; mais pour moi l'observation est devenue, de vieille date, une espèce de nécessité.

Vos yeux sont restés attachés sur le sol, surveillant avec une espèce d'irritation les trous et les ornières du pavé (de façon que

---

1. Dans cette énumération, Dupin analyse les associations d'idées du narrateur. Chantilly est le nom de l'ancien cordonnier devenu comédien; Orion est le nom d'une constellation céleste; le docteur Nichols est un professeur d'astronomie anglais qui a travaillé sur Orion; Épicure (341-270 av. J.-C.) est un philosophe grec qui a écrit des textes sur les atomes; la stéréotomie est l'art de tailler et de couper les matériaux de construction.
2. **Marmotté** : marmonné.

je voyais bien que vous pensiez toujours aux pierres), jusqu'à ce que nous eûmes atteint le petit passage qu'on nomme le passage Lamartine*, où l'on vient de faire l'essai du pavé de bois, un système de blocs unis et solidement assemblés. Ici votre physionomie s'est éclaircie, j'ai vu vos lèvres remuer, et j'ai deviné, à n'en pas douter, que vous vous murmuriez le mot *stéréotomie*, un terme appliqué fort prétentieusement à ce genre de pavage. Je savais que vous ne pouviez pas dire stéréotomie sans être induit à penser aux atomes, et de là aux théories d'Épicure ; et, comme dans la discussion que nous eûmes, il n'y a pas longtemps, à ce sujet, je vous avais fait remarquer que les vagues conjectures de l'illustre Grec avaient été confirmées singulièrement, sans que personne y prît garde, par les dernières théories sur les nébuleuses et les récentes découvertes cosmogoniques[1], je sentis que vous ne pourriez pas empêcher vos yeux de se tourner vers la grande nébuleuse d'Orion ; je m'y attendais certainement. Vous n'y avez pas manqué, et je fus alors certain d'avoir strictement emboîté le pas de votre rêverie. Or, dans cette amère boutade sur Chantilly, qui a paru hier dans *Le Musée*[2], l'écrivain satirique, en faisant des allusions désobligeantes au changement de nom du savetier quand il a chaussé le cothurne[3], citait un vers latin dont nous avons souvent causé. Je veux parler du vers :

Perdidit antiquum littera prima sonum[4].

Je vous avais dit qu'il avait trait à Orion, qui s'écrivait primitivement Urion ; et à cause d'une certaine acrimonie[5] mêlée à cette discussion, j'étais sûr que vous ne l'aviez pas oubliée. Il était

---

* Ai-je besoin d'avertir à propos de la rue Morgue, du passage Lamartine, etc., qu'Edgar Poe n'est jamais venu à Paris ? [*Note de Charles Baudelaire*.]

1. **Cosmogoniques** : expliquant la formation de l'univers.
2. Nom d'un journal.
3. **Il a chaussé le cothurne** : il a utilisé un style pompeux.
4. Citation latine signifiant « la première lettre a perdu le son ancien ».
5. **Acrimonie** : mauvaise humeur, agressivité.

clair, dès lors, que vous ne pouviez pas manquer d'associer les deux idées d'Orion et de Chantilly. Cette association d'idées, je la vis au *style* du sourire qui traversa vos lèvres. Vous pensiez à l'immolation[1] du pauvre savetier. Jusque-là, vous aviez marché courbé en deux, mais alors je vous vis vous redresser de toute votre hauteur. J'étais bien sûr que vous pensiez à la pauvre petite taille de Chantilly. C'est dans ce moment que j'interrompis vos réflexions pour vous faire remarquer que c'était vraiment un pauvre petit avorton[2] que ce Chantilly, et qu'il serait bien mieux à sa place au théâtre des Variétés.

Peu de temps après cet entretien, nous parcourions l'édition du soir de la *Gazette des tribunaux*, quand les paragraphes suivants attirèrent notre attention :

> « DOUBLE ASSASSINAT DES PLUS SINGULIERS. – Ce matin, vers trois heures, les habitants du quartier Saint-Roch furent réveillés par une suite de cris effrayants, qui semblaient venir du quatrième étage d'une maison de la rue Morgue, que l'on savait occupée en totalité par une dame L'Espanaye et sa fille, Mlle Camille L'Espanaye. Après quelques retards causés par des efforts infructueux[3] pour se faire ouvrir à l'amiable, la grande porte fut forcée avec une pince, et huit ou dix voisins entrèrent, accompagnés de deux gendarmes.
>
> « Cependant les cris avaient cessé ; mais au moment où tout ce monde arrivait pêle-mêle au premier étage, on distingua deux fortes voix, peut-être plus, qui semblaient se disputer violemment, et venir de la partie supérieure de la maison. Quand on arriva au second palier, ces bruits avaient également cessé, et tout était parfaitement tranquille. Les voisins se répandirent de chambre en chambre. Arrivés à une vaste pièce située sur le derrière, au quatrième étage, et dont on

1. **Immolation** : sacrifice.
2. **Avorton** : petit être faible.
3. **Infructueux** : sans résultat.

força la porte qui était fermée, avec la clef en dedans, ils se trouvèrent en face d'un spectacle qui frappa tous les assistants d'une terreur non moins grande que leur étonnement.

« La chambre était dans le plus étrange désordre, les meubles brisés et éparpillés dans tous les sens. Il n'y avait qu'un lit, les matelas en avaient été arrachés et jetés au milieu du parquet. Sur une chaise, on trouva un rasoir mouillé de sang ; dans l'âtre [1], trois longues et fortes boucles de cheveux gris, qui semblaient avoir été violemment arrachées avec leurs racines. Sur le parquet gisaient quatre napoléons[2], une boucle d'oreille ornée d'une topaze, trois grandes cuillers d'argent, trois plus petites en métal d'Alger[3], et deux sacs contenant environ quatre mille francs en or. Dans un coin, les tiroirs d'une commode étaient ouverts et avaient sans doute été mis au pillage, bien qu'on y ait trouvé plusieurs articles intacts. Un petit coffret de fer fut trouvé sous la literie (non pas sous le bois de lit) ; il était ouvert, avec la clef dans la serrure. Il ne contenait que quelques vieilles lettres et d'autres papiers sans importance.

« On ne trouva aucune trace de Mme L'Espanaye ; mais on remarqua une quantité extraordinaire de suie dans le foyer ; on fit une recherche dans la cheminée, et, chose horrible à dire ! on en tira le corps de la demoiselle, la tête en bas, qui avait été introduit de force et poussé par l'étroite ouverture jusqu'à une distance assez considérable. Le corps était tout chaud. En l'examinant on découvrit de nombreuses excoriations[4], occasionnées sans doute par la violence avec laquelle il y avait été fourré, et qu'il avait fallu employer pour le dégager. La figure portait quelques fortes égratignures,

1. **Âtre** : cheminée.
2. **Napoléons** : pièces d'or.
3. **Métal d'Alger** : métal ayant l'apparence de l'argent.
4. **Excoriations** : écorchures.

et la gorge était stigmatisée[1] par des meurtrissures noires et de profondes traces d'ongles, comme si la mort avait eu lieu par strangulation[2].

« Après un examen minutieux de chaque partie de la maison, qui n'amena aucune découverte nouvelle, les voisins s'introduisirent dans une petite cour pavée, située sur les derrières du bâtiment. Là gisait le cadavre de la vieille dame, avec la gorge si parfaitement coupée, que, quand on essaya de le relever, la tête se détacha du tronc. Le corps, aussi bien que la tête, était terriblement mutilé, et celui-ci à ce point qu'il gardait à peine une apparence humaine.

« Toute cette affaire reste un horrible mystère, et jusqu'à présent on n'a pas encore découvert, que nous sachions, le moindre fil conducteur. »

1. **Stigmatisée** : marquée par des blessures.
2. **Strangulation** : étranglement.

Arrêt sur lecture 1

Un quiz pour commencer

Cochez les bonnes réponses.

❶ *Dans cette nouvelle, qui raconte l'histoire ?*

- ❒ Dupin.
- ☒ Le narrateur.
- ❒ Mme L'Espanaye.

❷ *D'après le début de cette nouvelle, quand l'analyste exploite-t-il toutes ses capacités ?*

- ☒ Quand il joue aux cartes.
- ❒ Quand il joue aux dames.
- ❒ Quand il joue aux échecs.

❸ *Où et quand se déroulent les faits racontés ?*

- ☒ À Paris au XIXe siècle.
- ❒ À Lyon au XVIIIe siècle.
- ❒ À Marseille au XXe siècle.

❹ *Où se sont rencontrés le narrateur et Dupin ?*

☒ Dans un cabinet de lecture.
❐ Chez des amis communs.
❐ Dans la rue.

❺ *Comment Dupin et le narrateur apprennent-ils qu'un double meurtre a été commis dans la rue Morgue ?*

❐ Par des voisins.
☒ En lisant le journal.
❐ Parce qu'ils ont été témoins de ce double meurtre.

❻ *Qu'est-ce qui a alerté les voisins du sort des victimes de la rue Morgue ?*

❐ Les voisins n'ont pas vu les deux femmes depuis longtemps.
☒ Les voisins ont entendu des cris effrayants venant de l'appartement des deux femmes.
❐ Les voisins ont découvert des traces de sang dans la rue Morgue.

❼ *Qu'est-il arrivé de particulièrement horrible au corps de Mlle L'Espanaye ?*

☒ Le corps a été écorché.
❐ Le corps a été découpé.
❐ Le corps a été brûlé.

❽ *Où le cadavre de Mme L'Espanaye est-il retrouvé ?*

❐ Dans la cave.
☒ Dans la cour.
❐ Dans la cheminée.

❾ *Est-ce que la police suspecte quelqu'un ?*

❐ Oui, le ramoneur.
❐ Oui, le voisin du dessous.
☒ Non, personne.

Des questions pour aller plus loin

Étudier la mise en place de l'intrigue

Prologue à une enquête policière

❶ Relevez les quatre mouvements de ces premières pages. Donnez un titre à chacun d'eux. Quel thème lie ces différentes parties ?
❷ D'après le titre, à quel genre appartient cette nouvelle ? Comment le récit du double meurtre est-il retardé et quel effet cela produit-il ?
❸ Dans les premières pages (p. 11-15), identifiez le type de texte employé. S'agit-il d'un texte narratif ou explicatif ? Justifiez votre réponse en vous appuyant sur les temps des verbes, la situation d'énonciation et les connecteurs.
❹ Dans les pages 11 à 15, relevez une dizaine de mots appartenant au champ lexical de l'analyse et identifiez les termes qui font également partie du champ lexical de l'enquête policière.
❺ Le narrateur annonce que « le récit qui suit sera pour le lecteur un commentaire lumineux des propositions [qu'il vient] d'avancer » (p. 15). Quel est le rôle de cette phrase ?

Dupin et le narrateur : naissance d'une amitié originale

❻ Relevez dans le texte des indications sur le statut social et les centres d'intérêt de Dupin. Quelles sont les caractéristiques morales de ce personnage ?
❼ De quelle nature est la relation qu'entretiennent Dupin et le narrateur ? En vous appuyant sur les types de phrases utilisés et le vocabulaire mélioratif, montrez combien le narrateur admire Dupin.
❽ En quoi le mode de vie qu'ont choisi le narrateur et Dupin ainsi que leurs activités les apparentent-ils à des « originaux » ?

❾ Relisez les lignes 270-319, p. 20-22. En quoi Dupin se révèle-t-il un analyste digne du portrait qu'en a brossé le narrateur au début de la nouvelle ?

❿ Quelle est la définition du mot « charlatanerie » ? Pourquoi le narrateur précise-t-il à ce moment-là du récit qu'« il n'y avait pas un atome de charlatanerie dans [son] ami Dupin » (p. 19, l. 251) ?

Le récit d'un horrible fait divers

⓫ En quoi le fait divers dont Dupin et le narrateur prennent connaissance en lisant le journal éclaire-t-il le titre de la nouvelle ?

⓬ Dans quelles circonstances le crime a-t-il été découvert ? Identifiez les caractéristiques du récit (temps des verbes, situation d'énonciation, connecteurs) qui les précisent.

⓭ Relevez et classez les premiers éléments qui serviront à l'enquête : nom des victimes, lieu du crime, arme du crime, nature des blessures, indices.

⓮ Qu'est-ce qui rend ce meurtre extraordinaire ? Appuyez-vous en particulier sur les réactions des premiers témoins.

Une atmosphère inquiétante

⓯ Relevez les différentes indications de lieux ainsi que leurs caractérisants. Quelle impression est ainsi donnée ?

⓰ En quoi le champ lexical de la nuit contribue-t-il à la mise en place d'une atmosphère inquiétante ?

⓱ Cherchez dans un dictionnaire les différentes définitions du mot « morgue ». Quel est le sens de ce terme dans la nouvelle ?

⓲ Quels sont les éléments qui plongent progressivement le lecteur dans l'atmosphère mystérieuse d'un récit policier ?

Rappelez-vous !
Le genre de la nouvelle s'impose au XIXe siècle, favorisé par l'essor de la presse, qui contraint l'expression à la concision et au sensationnel. La nouvelle se caractérise ainsi par sa brièveté, le nombre restreint de ses personnages, son ancrage dans le réel et une action relativement simple. Les premières pages d'une nouvelle mettent en place certains éléments, comme le cadre du récit et la présentation des personnages. Elles ont pour fonction de susciter des attentes chez le lecteur.

De la lecture à l'écriture

Des mots pour mieux écrire

❶ ***Complétez chacune des phrases suivantes avec les mots qui conviennent et accordez-les si nécessaire :*** robuste, intuition, ingéniosité, inadvertance, frivole.

a. En la voyant si pâle ce matin, j'ai eu l'_________ qu'elle avait appris une mauvaise nouvelle.
b. Ces jeunes gens, qui ne pensent qu'à faire des achats, sont vraiment très _________.
c. Il a fabriqué cet instrument en faisant preuve de beaucoup d'_________.
d. Par _________, il a perdu la clé du cadenas de son vélo.
e. Cet homme qui travaille au grand air toute l'année est d'une constitution _________.

❷ a. ***Dans un dictionnaire, cherchez l'étymologie et le sens du mot*** insolite.
b. ***Proposez un synonyme et un antonyme de ce terme et employez-les dans deux phrases de votre invention.***

À vous d'écrire

❶ Réécrivez la scène de rencontre entre le narrateur et Dupin en adoptant le point de vue de ce dernier. Servez-vous des informations que délivre le narrateur sur sa propre vie (p. 16-18) pour développer son portrait.
Consigne. Vous utiliserez le passé simple pour raconter les circonstances de leur rencontre et l'imparfait pour le portrait du narrateur. Vous emploierez des adjectifs valorisant les qualités du narrateur.

❷ Comparez le début de ce récit avec le début d'une autre nouvelle policière de votre choix. Dans un discours argumenté, dites celui que vous préférez et pourquoi.
Consigne. Vous expliquerez d'abord comment les deux enquêtes policières sont introduites puis vous donnerez deux arguments en faveur du début de récit qui vous semble faire le plus d'effet sur le lecteur.

[Suite de la page 24]

Le numéro suivant portait ces détails additionnels :

« Le Drame de la rue Morgue. – Bon nombre d'individus ont été interrogés relativement à ce terrible et extraordinaire événement, mais rien n'a transpiré qui puisse jeter quelque jour sur l'affaire. Nous donnons ci-dessous les dépositions obtenues :

« Pauline Dubourg, blanchisseuse, dépose[1] qu'elle a connu les deux victimes pendant trois ans, et qu'elle a blanchi pour elles pendant tout ce temps. La vieille dame et sa fille semblaient en bonne intelligence, très affectueuses l'une envers l'autre. C'étaient de bonnes *payes*[2]. Elle ne peut rien dire relativement à leur genre de vie et à leurs moyens d'existence. Elle croit que Mme L'Espanaye disait la bonne aventure pour vivre. Cette dame passait pour avoir de l'argent de côté. Elle n'a jamais rencontré personne dans la maison, quand elle venait rapporter ou prendre le linge. Elle est sûre que ces dames n'avaient aucun domestique à leur service. Il lui a semblé qu'il n'y avait de meubles dans aucune partie de la maison, excepté au quatrième étage.

1. **Dépose** : témoigne.
2. **Bonnes payes** : clientes payant régulièrement (familier).

« Pierre Moreau, marchand de tabac, dépose qu'il fournissait habituellement Mme L'Espanaye, et lui vendait de petites quantités de tabac, quelquefois en poudre. Il est né dans le quartier et y a toujours demeuré. La défunte et sa fille occupaient depuis plus de six ans la maison où l'on a trouvé leurs cadavres. Primitivement elle était habitée par un bijoutier, qui sous-louait les appartements supérieurs à différentes personnes. La maison appartenait à Mme L'Espanaye. Elle s'était montrée très mécontente de son locataire qui endommageait les lieux ; elle était venue habiter sa propre maison, refusant d'en louer une seule partie. La bonne dame était en enfance [1]. Le témoin a vu la fille cinq ou six fois dans l'intervalle de ces six années. Elles menaient toutes deux une vie excessivement retirée ; elles passaient pour avoir de quoi. Il a entendu dire chez les voisins que Mme L'Espanaye disait la bonne aventure ; il ne le croit pas. Il n'a jamais vu personne franchir la porte, excepté la vieille dame et sa fille, un commissionnaire une ou deux fois, et un médecin huit ou dix.

« Plusieurs autres personnes du voisinage déposent dans le même sens. On ne cite personne comme ayant fréquenté la maison. On ne sait pas si la dame et sa fille avaient des parents vivants. Les volets des fenêtres de face s'ouvraient rarement. Ceux de derrière étaient toujours fermés, excepté aux fenêtres de la grande arrière-pièce du quatrième étage. La maison était une assez bonne maison, pas trop vieille.

« Isidore Muset, gendarme, dépose qu'il a été mis en réquisition, vers trois heures du matin, et qu'il a trouvé à la grande porte vingt ou trente personnes qui s'efforçaient de pénétrer dans la maison. Il l'a forcée avec une baïonnette et non pas avec une pince. Il n'a pas eu grand-peine à l'ouvrir, parce qu'elle était à deux battants, et n'était verrouillée ni par

---

1. **La bonne dame était en enfance** : elle était gâteuse (familier).

en haut, ni par en bas. Les cris ont continué jusqu'à ce que la porte fût enfoncée, puis ils ont soudainement cessé. On eût dit les cris d'une ou de plusieurs personnes en proie aux plus vives douleurs ; des cris très hauts, très prolongés, non pas des cris brefs, ni précipités. Le témoin a grimpé l'escalier. En arrivant au premier palier, il a entendu deux voix qui se disputaient très haut et très aigrement[1] ; l'une, une voix rude, l'autre beaucoup plus aiguë, une voix très singulière. Il a distingué quelques mots de la première, c'était celle d'un Français. Il est certain que ce n'était pas une voix de femme. Il a pu distinguer les mots *sacré* et *diable*. La voix aiguë était celle d'un étranger. Il ne sait pas précisément si c'était une voix d'homme ou de femme. Il n'a pu deviner ce qu'elle disait, mais il présume qu'elle parlait espagnol. Ce témoin rend compte de l'état de la chambre et des cadavres dans les mêmes termes que nous l'avons fait hier.

« Henri Duval, un voisin, et orfèvre de son état, dépose qu'il faisait partie du groupe de ceux qui sont entrés les premiers dans la maison. Confirme généralement le témoignage de Muset. Aussitôt qu'ils se sont introduits dans la maison, ils ont refermé la porte pour barrer le passage à la foule qui s'amassait considérablement, malgré l'heure plus que matinale. La voix aiguë, à en croire le témoin, était une voix d'Italien. À coup sûr ce n'était pas une voix française. Il ne sait pas au juste si c'était une voix de femme, cependant cela pourrait bien être. Le témoin n'est pas familiarisé avec la langue italienne ; il n'a pu distinguer les paroles, mais il est convaincu d'après l'intonation que l'individu qui parlait était un Italien. Le témoin a connu Mme L'Espanaye et sa fille. Il a fréquemment causé avec elles. Il est certain que la voix aiguë n'était celle d'aucune des victimes.

---

1. **Aigrement** : de façon désobligeante, désagréable.

« Odenheimer, restaurateur. Ce témoin s'est offert de lui-même. Il ne parle pas français, et on l'a interrogé par le canal[1] d'un interprète. Il est né à Amsterdam. Il passait devant la maison au moment des cris. Ils ont duré quelques minutes, dix minutes peut-être. C'étaient des cris prolongés, très hauts, très effrayants, des cris navrants. Odenheimer est un de ceux qui ont pénétré dans la maison. Il confirme le témoignage précédent, à l'exception d'un seul point. Il est sûr que la voix aiguë était celle d'un homme, d'un Français. Il n'a pu distinguer les mots articulés. On parlait haut et vite, d'un ton inégal, et qui exprimait la crainte aussi bien que la colère. La voix était âpre[2], plutôt âpre qu'aiguë. Il ne peut appeler cela précisément une voix aiguë. La grosse voix dit à plusieurs reprises : *sacré, diable,* et une fois, *mon Dieu !*

« Jules Mignaud, banquier de la maison Mignaud et fils, rue Deloraine. Il est l'aîné des Mignaud. Mme L'Espanaye avait quelque fortune. Il lui avait ouvert un compte dans sa maison, huit ans auparavant, au printemps. Elle a souvent déposé chez lui de petites sommes d'argent. Il ne lui a rien délivré jusqu'au troisième jour avant sa mort, où elle est venue lui demander en personne une somme de quatre mille francs. Cette somme lui a été payée en or, et un commis a été chargé de la lui porter chez elle.

« Adolphe Lebon, commis chez Mignaud et fils, dépose que, le jour en question, vers midi, il a accompagné Mme L'Espanaye à son logis, avec les quatre mille francs, en deux sacs. Quand la porte s'ouvrit, Mlle L'Espanaye parut, et lui prit des mains l'un des deux sacs, pendant que la vieille dame le déchargeait de l'autre. Il les salua et partit. Il n'a vu personne dans la rue en ce moment. C'est une rue borgne[3], très solitaire.

---

1. **Par le canal** : par le biais.
2. **Âpre** : rude, rauque.
3. **Rue borgne** : rue mal famée, sordide.

« William Bird, tailleur, dépose qu'il est un de ceux qui se sont introduits dans la maison. Il est anglais. Il a vécu deux ans à Paris. Il est un des premiers qui ont monté l'escalier. Il a entendu les voix qui se disputaient. La voix rude était celle d'un Français. Il a pu distinguer quelques mots, mais il ne se les rappelle pas. Il a entendu distinctement *sacré* et *mon Dieu*. C'était en ce moment un bruit comme de plusieurs personnes qui se battent, le tapage d'une lutte et d'objets qu'on brise. La voix aiguë était très forte, plus forte que la voix rude. Il est sûr que ce n'était pas une voix d'Anglais. Elle lui sembla une voix d'Allemand ; peut-être bien une voix de femme. Le témoin ne sait pas l'allemand.

« Quatre des témoins ci-dessus mentionnés ont été assignés[1] de nouveau, et ont déposé que la porte de la chambre où fut trouvé le corps de Mlle L'Espanaye était fermée en dedans quand ils y arrivèrent. Tout était parfaitement silencieux ; ni gémissements, ni bruits d'aucune espèce. Après avoir forcé la porte, ils ne virent personne.

« Les fenêtres, dans la chambre de derrière et dans celle de face, étaient fermées et solidement assujetties en dedans. Une porte de communication était fermée, mais pas à clef. La porte qui conduit de la chambre du devant au corridor était fermée à clef, et la clef en dedans ; une petite pièce sur le devant de la maison, au quatrième étage, à l'entrée du corridor, ouverte, et la porte entrebâillée ; cette pièce, encombrée de vieux bois de lit, de malles, etc. On a soigneusement dérangé et visité tous ces objets. Il n'y a pas un pouce d'une partie quelconque de la maison qui n'ait été soigneusement visité. On a fait pénétrer des ramoneurs dans les cheminées. La maison est à quatre étages avec des mansardes[2]. Une trappe qui donne sur le toit était condamnée et solidement fermée

1. **Assignés** : convoqués.
2. **Mansardes** : combles, pièces sous les toits.

avec des clous ; elle ne semblait pas avoir été ouverte depuis des années. Les témoins varient sur la durée du temps écoulé entre le moment où l'on a entendu les voix qui se disputaient et celui où l'on a forcé la porte de la chambre. Quelques-uns l'évaluent très court, deux ou trois minutes, d'autres, cinq minutes. La porte ne fut ouverte qu'à grand-peine.

« Alfonso Garcio, entrepreneur des pompes funèbres, dépose qu'il demeure rue Morgue. Il est né en Espagne. Il est un de ceux qui ont pénétré dans la maison. Il n'a pas monté l'escalier. Il a les nerfs très délicats, et redoute les conséquences d'une violente agitation nerveuse. Il a entendu les voix qui se disputaient. La grosse voix était celle d'un Français. Il n'a pu distinguer ce qu'elle disait. La voix aiguë était celle d'un Anglais, il en est bien sûr. Le témoin ne sait pas l'anglais, mais il juge d'après l'intonation.

« Alberto Montani, confiseur, dépose qu'il fut des premiers qui montèrent l'escalier. Il a entendu les voix en question. La voix rauque était celle d'un Français. Il a distingué quelques mots. L'individu qui parlait semblait faire des remontrances[1]. Il n'a pas pu deviner ce que disait la voix aiguë. Elle parlait vite et par saccades. Il l'a prise pour la voix d'un Russe. Il confirme en général les témoignages précédents. Il est italien ; il avoue qu'il n'a jamais causé avec un Russe.

« Quelques témoins, rappelés, certifient que les cheminées dans toutes les chambres, au quatrième étage, sont trop étroites pour livrer passage à un être humain. Quand ils ont parlé de ramonage, ils voulaient parler de ces brosses en forme de cylindres dont on se sert pour nettoyer les cheminées. On a fait passer ces brosses du haut en bas dans tous les tuyaux de la maison. Il n'y a sur le derrière aucun passage qui ait pu favoriser la fuite d'un assassin, pendant que les témoins montaient l'escalier. Le corps de Mlle L'Espanaye

1. **Remontrances** : reproches, réprimandes.

était si solidement engagé dans la cheminée, qu'il a fallu, pour le retirer, que quatre ou cinq des témoins réunissent leurs forces.

« Paul Dumas, médecin, dépose qu'il a été appelé au point du jour pour examiner les cadavres. Ils gisaient tous les deux sur le fond de sangle du lit dans la chambre où avait été trouvée Mlle L'Espanaye. Le corps de la jeune dame était fortement meurtri et excorié. Ces particularités s'expliquent suffisamment par le fait de son introduction dans la cheminée. La gorge était singulièrement écorchée. Il y avait, juste au-dessous du menton, plusieurs égratignures profondes, avec une rangée de taches livides, résultant évidemment de la pression des doigts. La face[1] était affreusement décolorée, et les globes des yeux sortaient de la tête. La langue était coupée à moitié. Une large meurtrissure se manifestait au creux de l'estomac, produite, selon toute apparence, par la pression d'un genou. Dans l'opinion de M. Dumas, Mlle L'Espanaye avait été étranglée par un ou par plusieurs individus inconnus.

« Le corps de la mère était horriblement mutilé. Tous les os de la jambe et du bras gauche plus ou moins fracassés ; le tibia gauche brisé en esquilles[2], ainsi que les côtes du même côté. Tout le corps affreusement meurtri et décoloré. Il était impossible de dire comment de pareils coups avaient été portés. Une lourde massue de bois ou une large pince de fer, une arme grosse, pesante, et contondante[3] auraient pu produire de pareils résultats, et encore maniées par les mains d'un homme excessivement robuste. Avec n'importe quelle arme, aucune femme n'aurait pu frapper de tels coups. La tête de la défunte, quand le témoin la vit, était entièrement séparée du tronc, et, comme le reste, singulièrement broyée.

1. **Face** : visage.
2. **Esquilles** : petits fragments.
3. **Contondante** : coupante.

La gorge évidemment avait été tranchée avec un instrument très affilé, très probablement un rasoir.

« Alexandre Étienne, chirurgien, a été appelé en même temps que M. Dumas pour visiter les cadavres ; confirme le témoignage et l'opinion de M. Dumas.

« Quoique plusieurs autres personnes aient été interrogées, on n'a pu obtenir aucun autre renseignement d'une valeur quelconque. Jamais assassinat si mystérieux, si embrouillé, n'a été commis à Paris, si toutefois il y a eu assassinat.

« La police est absolument déroutée, cas fort inusité[1] dans les affaires de cette nature. Il est vraiment impossible de retrouver le fil de cette affaire. »

L'édition du soir constatait qu'il régnait une agitation permanente dans le quartier Saint-Roch ; que les lieux avaient été l'objet d'un second examen, que les témoins avaient été interrogés de nouveau, mais tout cela sans résultat. Cependant, un *post-scriptum* annonçait qu'Adolphe Lebon, le commis de la maison de banque, avait été arrêté et incarcéré, bien que rien dans les faits déjà connus ne parût suffisant pour l'incriminer.

Dupin semblait s'intéresser singulièrement à la marche de cette affaire, autant, du moins, que j'en pouvais juger par ses manières, car il ne faisait aucun commentaire. Ce fut seulement après que le journal eut annoncé l'emprisonnement de Lebon qu'il me demanda quelle opinion j'avais relativement à ce double meurtre.

Je ne pus que lui confesser que j'étais comme tout Paris, et que je le considérais comme un mystère insoluble. Je ne voyais aucun moyen d'attraper la trace du meurtrier.

– Nous ne devons pas juger des moyens possibles, dit Dupin, par cette instruction embryonnaire. La police parisienne, si vantée pour sa pénétration, est très rusée, rien de plus. Elle procède sans méthode, elle n'a pas d'autre méthode que celle du moment.

1. **Inusité** : inhabituel, rare.

On fait ici un grand étalage de mesures, mais il arrive souvent qu'elles sont si intempestives[1] et si mal appropriées au but, qu'elles font penser à M. Jourdain[2], qui demandait *sa robe de chambre, pour mieux entendre la musique.* Les résultats obtenus sont quelquefois surprenants, mais ils sont, pour la plus grande partie, simplement dus à la diligence[3] et à l'activité. Dans le cas où ces facultés sont insuffisantes, les plans ratent. Vidocq[4], par exemple, était bon pour deviner ; c'était un homme de patience ; mais sa pensée n'étant pas suffisamment éduquée, il faisait continuellement fausse route, par l'ardeur même de ses investigations. Il diminuait la force de sa vision en regardant l'objet de trop près. Il pouvait peut-être voir un ou deux points avec une netteté singulière, mais, par le fait même de son procédé, il perdait l'aspect de l'affaire prise dans son ensemble. Cela peut s'appeler le moyen d'être trop profond. La vérité n'est pas toujours dans un puits. En somme, quant à ce qui regarde les notions qui nous intéressent de plus près, je crois qu'elle est invariablement à la surface. Nous la cherchons dans la profondeur de la vallée : c'est du sommet des montagnes que nous la découvrirons.

On trouve dans la contemplation des corps célestes des exemples et des échantillons excellents de ce genre d'erreur. Jetez sur une étoile un rapide coup d'œil, regardez-la obliquement, en tournant vers elle la partie latérale de la rétine[5] (beaucoup plus sensible à une lumière faible que la partie centrale), et vous verrez l'étoile distinctement ; vous aurez l'appréciation la plus juste de son éclat, éclat qui s'obscurcit à proportion que vous dirigez votre vue en plein sur elle. Dans le dernier cas, il tombe sur l'œil un plus grand nombre de rayons ; mais, dans le premier, il y a une réceptibilité plus complète, une susceptibilité

1. **Intempestives** : qui ne se produisent pas au bon moment.
2. Personnage du *Bourgeois gentilhomme* de Molière.
3. **Diligence** : minutie, application.
4. **Vidocq** (1775-1857) : ancien bagnard devenu chef de la police.
5. **Rétine** : partie interne de l'œil.

beaucoup plus vive. Une profondeur outrée affaiblit la pensée et la rend perplexe[1] ; et il est possible de faire disparaître Vénus elle-même du firmament[2] par une attention trop soutenue, trop concentrée, trop directe.

Quant à cet assassinat, faisons nous-mêmes un examen avant de nous former une opinion. Une enquête nous procurera de l'amusement (je trouvai cette expression bizarre, appliquée au cas en question, mais je ne dis mot) ; et, en outre, Lebon m'a rendu un service pour lequel je ne veux pas me montrer ingrat. Nous irons sur les lieux, nous les examinerons de nos propres yeux. Je connais G..., le préfet de police, et nous obtiendrons sans peine l'autorisation nécessaire.

L'autorisation fut accordée, et nous allâmes tout droit à la rue Morgue. C'est un de ces misérables passages qui relient la rue Richelieu à la rue Saint-Roch. C'était dans l'après-midi, et il était déjà tard quand nous y arrivâmes, car ce quartier est situé à une grande distance de celui que nous habitions. Nous trouvâmes bien vite la maison, car il y avait une multitude de gens qui contemplaient de l'autre côté de la rue les volets fermés, avec une curiosité badaude[3]. C'était une maison comme toutes les maisons de Paris, avec une porte cochère, et sur l'un des côtés une niche vitrée avec un carreau mobile, représentant la loge du concierge. Avant d'entrer, nous remontâmes la rue, nous tournâmes dans une allée, et nous passâmes ainsi sur les derrières de la maison. Dupin, pendant ce temps, examinait tous les alentours, aussi bien que la maison, avec une attention minutieuse dont je ne pouvais pas deviner l'objet.

Nous revînmes sur nos pas vers la façade de la maison ; nous sonnâmes, nous montrâmes notre pouvoir[4], et les agents nous

---

1. **Perplexe** : embarrassée, incertaine.
2. **Firmament** : ciel.
3. **Curiosité badaude** : curiosité de celui qui s'attarde à regarder le spectacle de la rue.
4. **Pouvoir** : document permettant à une personne d'exercer les droits d'une autre personne et d'agir en son nom.

permirent d'entrer. Nous montâmes jusqu'à la chambre où on avait trouvé le corps de Mlle L'Espanaye, et où gisaient encore les deux cadavres. Le désordre de la chambre avait été respecté, comme cela se pratique en pareil cas. Je ne vis rien de plus que ce qu'avait constaté la *Gazette des tribunaux*. Dupin analysait minutieusement toutes choses, sans en excepter les corps des victimes. Nous passâmes ensuite dans les autres chambres, et nous descendîmes dans les cours, toujours accompagnés par un gendarme. Cet examen dura fort longtemps, et il était nuit quand nous quittâmes la maison. En retournant chez nous, mon camarade s'arrêta quelques minutes dans les bureaux d'un journal quotidien.

J'ai dit que mon ami avait toutes sortes de bizarreries, et que je les *ménageais* (car ce mot n'a pas d'équivalent en anglais). Il entrait maintenant dans sa fantaisie de se refuser à toute conversation relativement à l'assassinat, jusqu'au lendemain à midi. Ce fut alors qu'il me demanda brusquement si j'avais remarqué quelque chose de *particulier* sur le théâtre du crime.

Il y eut dans sa manière de prononcer le mot *particulier* un accent qui me donna le frisson sans que je susse pourquoi.

– Non, rien de particulier, dis-je, rien d'autre, du moins, que ce que nous avons lu tous deux dans le journal.

– La *Gazette*, reprit-il, n'a pas, je le crains, pénétré l'horreur insolite de l'affaire. Mais laissons là les opinions niaises de ce papier. Il me semble que le mystère est considéré comme insoluble, par la raison même qui devrait le faire regarder comme facile à résoudre, je veux parler du caractère excessif sous lequel il apparaît. Les gens de police sont confondus par l'absence apparente de motifs légitimant, non le meurtre en lui-même, mais l'atrocité du meurtre. Ils sont embarrassés aussi par l'impossibilité apparente de concilier les voix qui se disputaient avec ce fait qu'on n'a trouvé en haut de l'escalier d'autre personne que Mlle L'Espanaye, assassinée, et qu'il n'y avait aucun moyen de sortir sans être vu des gens qui montaient l'escalier. L'étrange désordre de la chambre, le corps fourré, la tête en bas, dans la cheminée, l'effrayante mutilation du corps de la vieille dame, ces considérations, jointes à celles que j'ai mentionnées et à d'autres dont je n'ai pas besoin de parler, ont suffi pour paralyser l'action des agents du ministère, et pour dérouter complètement leur perspicacité si vantée. Ils ont commis la très grosse et très commune faute de confondre l'extraordinaire avec l'abstrus[1]. Mais c'est justement en suivant ces déviations du cours ordinaire de la nature que la raison trouvera son chemin, si la chose est possible, et marchera vers la vérité. Dans des investigations du genre de celle qui nous occupe, il ne faut pas tant se demander comment les choses se sont passées, qu'étudier en quoi elles se distinguent de tout ce qui est arrivé jusqu'à présent. Bref, la facilité avec laquelle j'arriverai, ou suis déjà arrivé, à la solution du mystère, est en raison directe de son insolubilité apparente aux yeux de la police.

Je fixai mon homme avec un étonnement muet.

– J'attends maintenant, continua-t-il, en jetant un regard sur la porte de notre chambre, j'attends un individu qui, bien qu'il ne soit peut-être pas l'auteur de cette boucherie, doit se trouver en partie impliqué dans sa perpétration[2]. Il est probable qu'il est innocent de la partie atroce du crime. J'espère ne pas me tromper dans cette hypothèse ; car c'est sur cette hypothèse que je fonde l'espérance de déchiffrer l'énigme entière. J'attends l'homme ici, dans cette chambre, d'une minute à l'autre. Il est vrai qu'il peut fort bien ne pas venir, mais il y a quelques probabilités pour qu'il vienne. S'il vient, il sera nécessaire de le garder. Voici des pistolets, et nous savons tous deux à quoi ils servent quand l'occasion l'exige.

Je pris les pistolets, sans trop savoir ce que je faisais, pouvant à peine en croire mes oreilles, pendant que Dupin continuait,

---

1. **Abstrus** : ce qui est incompréhensible, obscur.
2. **Perpétration** : accomplissement d'un crime.

à peu près comme dans un monologue. J'ai déjà parlé de ses manières distraites dans ces moments-là. Son discours s'adressait à moi ; mais sa voix, quoique montée à un diapason[1] fort ordinaire, avait cette intonation que l'on prend d'habitude en parlant à quelqu'un placé à une grande distance. Ses yeux, d'une expression vague, ne regardaient que le mur.

– Les voix qui se disputaient, disait-il, les voix entendues par les gens qui montaient l'escalier n'étaient pas celles de ces malheureuses femmes, cela est plus que prouvé par l'évidence. Cela nous débarrasse pleinement de la question de savoir si la vieille dame aurait assassiné sa fille et se serait ensuite suicidée.

Je ne parle de ce cas que par amour de la méthode ; car la force de Mme L'Espanaye eût été absolument insuffisante pour introduire le corps de sa fille dans la cheminée, de la façon où on l'a découvert ; et la nature des blessures trouvées sur sa propre personne exclut entièrement l'idée de suicide. Le meurtre a donc été commis par des tiers, et les voix de ces tiers sont celles qu'on a entendues se quereller.

Permettez-moi maintenant d'appeler votre attention, non pas sur les dépositions relatives à ces voix, mais sur ce qu'il y a de *particulier* dans ces dépositions. Y avez-vous remarqué quelque chose de particulier ?

Je remarquai que, pendant que tous les témoins s'accordaient à considérer la grosse voix comme étant celle d'un Français, il y avait un grand désaccord relativement à la voix aiguë, ou, comme l'avait définie un seul individu, à la voix âpre.

– Cela constitue l'évidence, dit Dupin, mais non la particularité de l'évidence. Vous n'avez rien observé de distinctif ; cependant il y avait *quelque chose* à observer. Les témoins, remarquez-le bien, sont d'accord sur la grosse voix ; là-dessus, il y a unanimité ! Mais relativement à la voix aiguë, il y a une particularité, elle ne consiste pas dans leur désaccord, mais en ceci que, quand un

1. **Diapason** : ton.

Italien, un Anglais, un Espagnol, un Hollandais essayent de la décrire, chacun en parle comme d'une voix *d'étranger*, chacun est sûr que ce n'était pas la voix d'un de ses compatriotes.

Chacun la compare, non pas à la voix d'un individu dont la langue lui serait familière, mais justement au contraire. Le Français présume que c'était une voix d'Espagnol, et *il aurait pu distinguer quelques mots s'il était familiarisé avec l'espagnol.* Le Hollandais affirme que c'était la voix d'un Français ; mais il est établi que le témoin, ne sachant pas le français, a été interrogé par le canal d'un interprète. L'Anglais pense que c'était la voix d'un Allemand, et *il n'entend pas l'allemand.* L'Espagnol est *positivement sûr* que c'était la voix d'un Anglais, mais il en juge uniquement par l'intonation, car *il n'a aucune connaissance de l'anglais.* L'Italien croit à une voix de Russe, mais *il n'a jamais causé avec une personne native de Russie.* Un autre Français, cependant, diffère du premier, et il est certain que c'était une voix d'Italien ; mais, n'ayant pas la connaissance de cette langue, il fait comme l'Espagnol, *il tire sa certitude de l'intonation.* Or, cette voix était donc bien insolite et bien étrange, qu'on ne pût obtenir à son égard que de pareils témoignages ? Une voix dans les intonations de laquelle des citoyens des cinq grandes parties de l'Europe n'ont rien pu reconnaître qui leur fût familier ! Vous me direz que c'était peut-être la voix d'un Asiatique ou d'un Africain. Les Africains et les Asiatiques n'abondent pas à Paris, mais sans nier la possibilité du cas, j'appellerai simplement votre attention sur trois points.

Un témoin dépeint la voix ainsi : *plutôt âpre qu'aiguë.* Deux autres en parlent comme d'une voix *brève et saccadée.* Ces témoins n'ont distingué aucunes paroles, aucuns sons ressemblant à des paroles.

Je ne sais pas, continua Dupin, quelle impression j'ai pu faire sur votre entendement ; mais je n'hésite pas à affirmer qu'on peut tirer des déductions légitimes de cette partie même des dépositions, la partie relative aux deux voix, la grosse voix, et la voix aiguë, très suffisantes en elles-mêmes pour créer un soupçon qui indiquerait la route dans toute investigation ultérieure du mystère.

J'ai dit : déductions légitimes, mais cette expression ne rend pas complètement ma pensée. Je voulais faire entendre que ces déductions sont les seules convenables, et que ce soupçon en surgit inévitablement comme le seul résultat possible. Cependant, de quelle nature est ce soupçon, je ne vous le dirai pas immédiatement. Je désire simplement vous démontrer que ce soupçon était plus que suffisant pour donner un caractère décidé, une tendance positive à l'enquête que je voulais faire dans la chambre.

Maintenant, transportons-nous en imagination dans cette chambre. Quel sera le premier objet de notre recherche ? Les moyens d'évasion employés par les meurtriers. Nous pouvons affirmer, n'est-ce pas, que nous ne croyons ni l'un ni l'autre aux événements surnaturels ? Mmes L'Espanaye n'ont pas été assassinées par les esprits. Les auteurs du meurtre étaient des êtres matériels, et ils ont fui matériellement.

Or, comment ? Heureusement, il n'y a qu'une manière de raisonner sur ce point, et cette manière nous conduira à une conclusion positive. Examinons donc, un à un, les moyens possibles d'évasion. Il est clair que les assassins étaient dans la chambre où l'on a trouvé Mlle L'Espanaye, ou au moins dans la chambre adjacente quand la foule a monté l'escalier. Ce n'est donc que dans ces deux chambres que nous avons à chercher des issues. La police a levé les parquets, ouvert les plafonds, sondé la maçonnerie des murs. Aucune issue secrète n'a pu échapper à sa perspicacité. Mais je ne me suis pas fié à ses yeux, et j'ai examiné avec les miens ; il n'y a réellement pas d'issue secrète. Les deux portes qui conduisent des chambres dans le corridor étaient solidement fermées, et les clefs en dedans. Voyons les cheminées. Celles-ci, qui sont d'une largeur ordinaire jusqu'à une distance de huit ou dix pieds au-dessus du foyer, ne livreraient pas au-delà un passage suffisant à un gros chat.

L'impossibilité de la fuite, du moins par les voies ci-dessus indiquées, étant donc absolument établie, nous en sommes réduits aux fenêtres. Personne n'a pu fuir par celles de la chambre du devant, sans être vu par la foule du dehors. Il a donc *fallu* que les meurtriers s'échappassent par celles de la chambre de derrière.

Maintenant, amenés, comme nous le sommes, à cette conclusion par des déductions aussi irréfragables[1], nous n'avons pas le droit, en tant que raisonneurs, de la rejeter en raison de son apparente impossibilité. Il ne nous reste donc qu'à démontrer que cette impossibilité apparente n'existe pas en réalité.

Il y a deux fenêtres dans la chambre. L'une des deux n'est pas obstruée[2] par l'ameublement, et est restée entièrement visible. La partie inférieure de l'autre est cachée par le chevet du lit, qui est fort massif et qui est poussé tout contre. On a constaté que la première était solidement assujettie[3] en dedans. Elle a résisté aux efforts les plus violents de ceux qui ont essayé de la lever. On avait percé dans son châssis[4], à gauche, un grand trou avec une vrille, et on y trouva un gros clou enfoncé presque jusqu'à la tête. En examinant l'autre fenêtre, on y a trouvé fiché un clou semblable ; et un vigoureux effort pour lever le châssis n'a pas eu plus de succès que de l'autre côté. La police était dès lors pleinement convaincue qu'aucune fuite n'avait pu s'effectuer par ce chemin. Il fut donc considéré comme superflu de retirer les clous et d'ouvrir les fenêtres.

Mon examen fut un peu plus minutieux, et cela, par la raison que je vous ai donnée tout à l'heure. C'était le cas, je le savais, où il *fallait* démontrer que l'impossibilité n'était qu'apparente.

Je continuai à raisonner ainsi, *a posteriori*[5]. Les meurtriers s'étaient évadés par l'une de ces fenêtres. Cela étant, ils ne pouvaient pas

---

1. **Irréfragables** : incontestables, indiscutables.
2. **Obstruée** : bouchée.
3. **Assujettie** : fixée, maintenue.
4. **Châssis** : cadre entourant une fenêtre.
5. ***A posteriori*** : en me fondant sur les faits constatés (expression latine).

avoir réassujetti les châssis en dedans, comme on les a trouvés ; considération qui, par son évidence, a borné les recherches de la police dans ce sens-là. Cependant ces châssis étaient bien fermés. Il *faut* donc qu'ils puissent se fermer d'eux-mêmes. Il n'y avait pas moyen d'échapper à cette conclusion. J'allai droit à la fenêtre non bouchée, je retirai le clou avec quelque difficulté, et j'essayai de lever le châssis. Il a résisté à tous mes efforts, comme je m'y attendais. Il y avait donc, j'en étais sûr maintenant, un ressort caché ; et ce fait, corroborant[1] mon idée, me convainquit au moins de la justesse de mes prémisses[2], quelque mystérieuses que m'apparussent toujours les circonstances relatives aux clous. Un examen minutieux me fit bientôt découvrir le ressort secret. Je le poussai, et, satisfait de ma découverte, je m'abstins de lever le châssis.

Je remis alors le clou en place et l'examinai attentivement. Une personne passant par la fenêtre pouvait l'avoir refermée, et le ressort aurait fait son office ; mais le clou n'aurait pas été replacé. Cette conclusion était nette et rétrécissait encore le champ de mes investigations. Il *fallait* que les assassins se fussent enfuis par l'autre fenêtre. En supposant donc que les ressorts des deux croisées fussent semblables, comme il était probable, il *fallait* cependant trouver une différence dans les clous, ou au moins dans la manière dont ils avaient été fixés. Je montai sur le fond de sangle du lit, et je regardai minutieusement l'autre fenêtre par-dessus le chevet du lit. Je passai ma main derrière, je découvris aisément le ressort, et je le fis jouer ; il était, comme je l'avais deviné, identique au premier. Alors j'examinai le clou. Il était aussi gros que l'autre, et fixé de la même manière, enfoncé presque jusqu'à la tête.

Vous direz que j'étais embarrassé ; mais si vous avez une pareille pensée, c'est que vous vous êtes mépris sur la nature de mes inductions. Pour me servir d'un terme de jeu, je n'avais pas commis une seule faute ; je n'avais pas perdu la piste un seul instant ; il

1. **Corroborant** : confirmant.
2. **Prémisses** : hypothèses servant de point de départ à un raisonnement.

n'y avait pas une lacune d'un anneau à la chaîne. J'avais suivi le secret jusque dans sa dernière phase, et cette phase, c'était le *clou.* Il ressemblait, dis-je, sous tous les rapports, à son voisin de l'autre fenêtre ; mais ce fait, quelque concluant qu'il fût en apparence, devenait absolument nul, en face de cette considération dominante, à savoir que là, à ce clou, finissait le fil conducteur. Il faut, me dis-je, qu'il y ait dans ce clou quelque chose de défectueux. Je le touchai, et la tête, avec un petit morceau de la tige, un quart de pouce environ, me resta dans les doigts. Le reste de la tige était dans le trou, où elle s'était cassée. Cette fracture était fort ancienne, car les bords étaient incrustés de rouille, et elle avait été opérée par un coup de marteau, qui avait enfoncé en partie la tête du clou dans le fond du châssis. Je rajustai soigneusement la tête avec le morceau qui la continuait, et le tout figura un clou intact ; la fissure était inappréciable. Je pressai le ressort, je levai doucement la croisée de quelques pouces ; la tête du clou vint avec elle, sans bouger de son trou. Je refermai la croisée, et le clou offrit de nouveau le semblant d'un clou complet.

Jusqu'ici l'énigme était débrouillée. L'assassin avait fui par la fenêtre qui touchait au lit. Qu'elle fût retombée d'elle-même après la fuite, ou qu'elle eût été fermée par une main humaine, elle était retenue par le ressort, et la police avait attribué cette résistance au clou ; aussi toute enquête ultérieure avait été jugée superflue.

La question, maintenant, était celle du mode de descente. Sur ce point, j'avais satisfait mon esprit dans notre promenade autour du bâtiment. À cinq pieds et demi environ de la fenêtre en question, court une chaîne de paratonnerre[1]. De cette chaîne, il eût été impossible à n'importe qui d'atteindre la fenêtre, à plus forte raison, d'entrer.

Toutefois, j'ai remarqué que les volets du quatrième étage étaient du genre particulier que les menuisiers parisiens appellent

---

1. **Paratonnerre** : appareil protégeant les bâtiments des effets de la foudre.

ferrades, genre de volets fort peu usité aujourd'hui, mais qu'on rencontre fréquemment dans de vieilles maisons de Lyon et de Bordeaux. Ils sont faits comme une porte ordinaire (porte simple, et non pas à double battant), à l'exception que la partie inférieure est façonnée à jour et treillissée[1], ce qui donne aux mains une excellente prise.

Dans le cas en question, ces volets sont larges de trois bons pieds et demi. Quand nous les avons examinés du derrière de la maison, ils étaient tous les deux ouverts à moitié, c'est-à-dire qu'ils faisaient angle droit avec le mur. Il est présumable que la police a examiné comme moi les derrières du bâtiment ; mais en regardant ces *ferrades* dans le sens de leur largeur (comme elle les a vues inévitablement), elle n'a sans doute pas pris garde à cette largeur même, ou du moins elle n'y a pas attaché l'importance nécessaire. En somme, les agents, quand il a été démontré pour eux que la fuite n'avait pu s'effectuer de ce côté, ne leur ont appliqué qu'un examen fort succinct[2].

Toutefois il était évident pour moi que le volet appartenant à la fenêtre située au chevet du lit, si on le supposait rabattu contre le mur, se trouverait à deux pieds de la chaîne du paratonnerre. Il était clair aussi que, par l'effort d'une énergie et d'un courage insolites[3], on pouvait, à l'aide de la chaîne, avoir opéré une invasion par la fenêtre. Arrivé à cette distance de deux pieds et demi (je suppose maintenant le volet complètement ouvert), un voleur aurait pu trouver dans le treillage une prise solide. Il aurait pu dès lors, en lâchant la chaîne, en assurant bien ses pieds contre le mur et en s'élançant vivement, tomber dans la chambre, et attirer violemment le volet avec lui de manière à le fermer, en supposant, toutefois, la fenêtre ouverte en ce moment-là.

1. **Façonnée à jour et treillissée** : qui imite les mailles d'un filet et laisse filtrer le jour.
2. **Succinct** : court.
3. **Insolites** : bizarres, étonnants, extraordinaires.

Arrêt sur lecture 2

Un quiz pour commencer

Cochez les bonnes réponses.

❶ *Où lit-on les dépositions des témoins ?*

- ☒ Dans un rapport de police.
- ❐ Dans un article de journal.
- ❐ Dans un compte rendu du tribunal.

❷ *Qui sont les témoins à l'origine de ces dépositions ?*

- ☒ Des voisins des deux victimes.
- ❐ Des amis des deux victimes.
- ❐ Des membres de la famille des deux victimes.

❸ *Pourquoi Adolphe Lebon se rend-il chez Mme L'Espanaye trois jours avant le meurtre ?*

- ❐ Pour lui dire qu'elle doit de l'argent à la banque.
- ❐ Pour lui proposer un nouveau placement.
- ☒ Pour lui porter les 4 000 francs qu'elle vient de retirer.

❹ *Combien de voix les témoins ont-ils entendu ?*

- ❒ Une voix.
- ☒ Deux voix.
- ❒ Cinq voix.

❺ *Quel suspect a été arrêté ?*

- ❒ Pauline Dubourg, la blanchisseuse.
- ☒ Adolphe Lebon, le commis.
- ❒ William Bird, le tailleur.

❻ *Comment Dupin caractérise-t-il le travail de la police ?*

- ❒ Efficace.
- ❒ Lent.
- ☒ Pas assez méthodique.

❼ *Que décide de faire Dupin ?*

- ❒ De ne pas s'intéresser à cette affaire.
- ❒ D'écrire au journal.
- ☒ De mener sa propre enquête.

❽ *Quel mystère Dupin s'applique-t-il à démêler ?*

- ☒ Le mode d'entrée et de sortie du meurtrier.
- ❒ Les liens unissant les victimes au meurtrier.
- ❒ L'âge du meurtrier.

Des questions pour aller plus loin

Repérer les caractéristiques du genre policier

De multiples dépositions (p. 31-38)

❶ Dans les dépositions des témoins, comment est évoqué le caractère singulier du crime ? Relevez les expressions qui décrivent l'étrangeté des cris et des blessures, et celles qui soulignent le mystère de la pièce fermée de l'intérieur.
❷ Relevez les mots ou expressions appartenant au champ lexical de l'enquête policière.
❸ Quels sont les différents sens du verbe « déposer » (p. 31, l. 389) ?
❹ Dans un tableau à cinq colonnes, faites correspondre à chaque témoin : son métier, sa nationalité, son lien avec les victimes, la raison qui l'a amené à se trouver sur les lieux du crime.
❺ Quels sont les deux principaux sujets d'interrogation de la plupart des témoins ?
❻ Réécrivez au style direct la déposition de Pauline Dubourg (p. 31, l. 389-401).

Une double enquête pour un double meurtre

❼ Quelles sont les trois raisons pour lesquelles Dupin se lance dans sa propre enquête ? Appuyez-vous sur des citations du texte pour justifier votre réponse.
❽ Quel est le point de vue de Dupin sur les premières investigations réalisées ? Relevez le vocabulaire péjoratif employé pour évoquer le travail de la police et des journalistes. Donnez un exemple des erreurs que Dupin dénonce.
❾ Quelles figures de style Dupin emploie-t-il pour mettre en valeur sa méthode d'investigation (p. 39) ?

⑩ Dans quelle mesure Dupin apparaît-il comme un enquêteur original, en particulier aux yeux du narrateur (p. 38-41) ?

Les premières pistes de Dupin

⑪ Le ton du journal dans lequel paraissent les dépositions vous paraît-il objectif ? Comment Dupin dit-il pouvoir se servir de ces témoignages pour résoudre l'énigme de la rue Morgue (voir p. 41-42) ?
⑫ Quelle est l'expression utilisée à deux reprises qui apparaît comme la devise de Dupin dans sa quête de la vérité ?
⑬ Par quel raisonnement Dupin parvient-il à démêler le mystère des voix ?
⑭ Dupin utilise le principe de l'induction pour faire la lumière sur l'énigme de la pièce fermée de l'intérieur. Cherchez les différents sens de ce terme dans le dictionnaire. Citez des phrases de Dupin qui illustrent cette méthode.
⑮ Quelles sont les conclusions auxquelles arrive Dupin ? Que lui reste-t-il encore à découvrir ? Comment un effet d'attente est-il ainsi ménagé ?

Rappelez-vous !
Dans le genre policier, après le récit du crime, l'enquête se met souvent en place à partir de la confrontation des points de vue des témoins. L'examen attentif des lieux et la prise en compte des différents indices amènent l'enquêteur à formuler ses premières hypothèses selon les principes de l'induction et/ou de la déduction.

De la lecture à l'écriture

Des mots pour mieux écrire

❶ ***Complétez ce compte rendu de l'enquête par les mots qui conviennent et accordez-les correctement :*** **hypothèse, investigation, conclusion, déposition.**

Plusieurs témoins ont été interrogés après le double assassinat de la rue Morgue mais leurs _________ ne permettent pas d'identifier le criminel. Après avoir critiqué les méthodes d'_________ de la police, Dupin se lance dans sa propre enquête. Grâce aux indices qu'il relève sur les lieux du crime, il soumet au narrateur ses _________. Leur échange de points de vue amène finalement l'enquêteur à formuler ses premières _________.

❷ ***Expliquez la composition des mots suivants et donnez leur sens :*** **inconcevable, insoluble, inusité.**

À vous d'écrire

❶ Vous êtes journaliste. Vous rédigez pour la rubrique « Faits divers » de votre quotidien le compte rendu d'un meurtre en retranscrivant les dépositions de deux témoins de l'affaire.
Consigne. D'une trentaine de lignes, votre article aura un titre et un chapeau introductif.

❷ Dupin explique au narrateur le service que lui a rendu un jour Adolphe Lebon.
Consigne. Rédigez le discours dans lequel Dupin raconte ce souvenir au narrateur. Vous emploierez des phrases de types interrogatif et exclamatif.

[Suite de la page 49]

Remarquez bien, je vous prie, que j'ai parlé d'une énergie très peu commune, nécessaire pour réussir dans une entreprise aussi difficile, aussi hasardeuse. Mon but est de vous prouver d'abord que la chose a pu se faire, en second lieu et *principalement*, d'attirer votre attention sur le caractère *très extraordinaire*, presque surnaturel, de l'agilité nécessaire pour l'accomplir.

Vous direz sans doute, en vous servant de la langue judiciaire, que, pour donner ma preuve *a fortiori*[1], je devrais plutôt *sous-évaluer* l'énergie nécessaire dans ce cas que réclamer son exacte estimation. C'est peut-être la pratique des tribunaux, mais cela ne rentre pas dans les us[2] de la raison. Mon objet final, c'est la vérité. Mon but actuel, c'est de vous induire à rapprocher cette énergie tout à fait insolite de cette voix si particulière, de cette voix aiguë (ou âpre), de cette voix saccadée, dont la nationalité n'a pu être constatée par l'accord de deux témoins, et dans laquelle personne n'a saisi de mots articulés, de syllabisation.

À ces mots, une conception vague et embryonnaire de la pensée de Dupin passa dans mon esprit. Il me semblait être sur la limite de la compréhension sans pouvoir comprendre; comme les gens qui sont quelquefois sur le bord du souvenir,

---

1. ***A fortiori*** : à plus forte raison (expression latine).
2. **Us** : usages.

et qui cependant ne parviennent pas à se rappeler. Mon ami continua son argumentation :

– Vous voyez, dit-il, que j'ai transporté la question du mode de sortie au mode d'entrée. Il était dans mon plan de démontrer qu'elles se sont effectuées de la même manière et sur le même point. Retournons maintenant dans l'intérieur de la chambre. Examinons toutes les particularités. Les tiroirs de la commode, dit-on, ont été mis au pillage, et cependant on y a trouvé plusieurs articles de toilette intacts. Cette conclusion est absurde; c'est une simple conjecture[1], une conjecture passablement niaise, et rien de plus. Comment pouvons-nous savoir que les articles trouvés dans les tiroirs ne représentent pas tout ce que les tiroirs contenaient? Mme L'Espanaye et sa fille menaient une vie excessivement retirée, ne voyaient pas le monde, sortaient rarement, avait donc peu d'occasions de changer de toilette. Ceux qu'on a trouvés étaient au moins d'aussi bonne qualité qu'aucun de ceux que possédaient vraisemblablement ces dames. Et si un voleur en avait pris quelques-uns, pourquoi n'aurait-il pas pris les meilleurs, pourquoi ne les aurait-il pas tous pris? Bref, pourquoi aurait-il abandonné ses quatre mille francs en or pour s'empêtrer d'un paquet de linge? L'or a été abandonné. La presque totalité de la somme désignée par le banquier Mignaud a été trouvée sur le parquet, dans les sacs. Je tiens donc à écarter de votre pensée l'idée saugrenue d'un *intérêt*, idée engendrée dans le cerveau de la police par les dépositions qui parlent d'argent délivré à la porte même de la maison. Des coïncidences dix fois plus remarquables que celle-ci (la livraison de l'argent et le meurtre commis trois jours après sur le propriétaire), se présentent dans chaque heure de notre vie, sans attirer notre attention, même une minute. En général, les coïncidences sont de grosses pierres d'achoppement[2] dans la route de ces pauvres penseurs mal éduqués qui ne savent

1. **Conjecture** : supposition.
2. **Pierres d'achoppement** : obstacles.

pas le premier mot de la théorie des probabilités, théorie à laquelle le savoir humain doit ses plus glorieuses conquêtes et ses plus belles découvertes. Dans le cas présent, si l'or avait disparu, le fait qu'il avait été délivré trois jours auparavant créerait quelque chose de plus qu'une coïncidence. Cela corroborerait[1] l'idée d'intérêt. Mais dans les circonstances réelles où nous sommes placés, si nous supposons que l'or a été le mobile de l'attaque, il nous faut supposer ce criminel assez indécis et assez idiot pour oublier à la fois son or et le mobile qui l'a fait agir.

Mettez donc bien dans votre esprit les points sur lesquels j'ai attiré votre attention, cette voix particulière, cette agilité sans pareille, et cette absence frappante d'intérêt dans un meurtre aussi singulièrement atroce que celui-ci. Maintenant, examinons la boucherie en elle-même. Voilà une femme étranglée par la force des mains, et introduite dans une cheminée, la tête en bas. Des assassins ordinaires n'emploient pas de pareils procédés pour tuer. Encore moins cachent-ils ainsi les cadavres de leurs victimes. Dans cette façon de fourrer le corps dans la cheminée, vous admettrez qu'il y a quelque chose d'excessif et de bizarre, quelque chose d'absolument inconciliable avec tout ce que nous connaissons en général des actions humaines, même en supposant que les auteurs fussent les plus pervertis des hommes. Songez aussi quelle force prodigieuse il a fallu pour pousser ce corps dans une pareille ouverture, et l'y pousser si puissamment que les efforts réunis de plusieurs personnes furent à peine suffisants pour l'en retirer.

Portons maintenant notre attention sur d'autres indices de cette vigueur merveilleuse. Dans le foyer on a trouvé des mèches de cheveux, des mèches très épaisses de cheveux gris. Ils ont été arrachés avec leurs racines. Vous savez quelle puissante force il faut pour arracher seulement de la tête vingt ou trente cheveux à la fois. Vous avez vu les mèches en question, aussi bien que

1. **Corroborerait** : confirmerait.

moi. À leurs racines grumelées[1], affreux spectacle ! adhéraient des fragments de cuir chevelu, preuve certaine de la prodigieuse puissance qu'il a fallu déployer pour déraciner peut-être cinq cent mille cheveux d'un seul coup.

Non seulement le cou de la vieille dame était coupé, mais la tête absolument séparée du corps ; l'instrument était un simple rasoir. Je vous prie de remarquer cette férocité *bestiale.* Je ne parle pas des meurtrissures du corps de Mme L'Espanaye ; M. Dumas et son honorable confrère, M. Étienne, ont affirmé qu'elles avaient été produites par un instrument contondant ; et en cela ces messieurs furent tout à fait dans le vrai. L'instrument contondant a été évidemment le pavé de la cour sur laquelle la victime est tombée de la fenêtre qui donne sur le lit. Cette idée, quelque simple qu'elle apparaisse maintenant, a échappé à la police par la même raison qui l'a empêchée de remarquer la largeur des volets ; parce que, grâce à la circonstance des clous, sa perception était hermétiquement bouchée à l'idée que les fenêtres eussent jamais pu être ouvertes.

Si maintenant, subsidiairement[2], vous avez convenablement réfléchi au désordre bizarre de la chambre, nous sommes allés assez avant pour combiner les idées d'une agilité merveilleuse, d'une férocité bestiale, d'une boucherie sans motif, d'une *grotesquerie* dans l'horrible absolument étrangère à l'humanité, et d'une voix dont l'accent est inconnu à l'oreille d'hommes de plusieurs nations, d'une voix dénuée de toute syllabisation distincte et intelligible. Or, pour vous, qu'en ressort-il ? Quelle impression ai-je faite sur votre imagination ?

Je sentis un frisson courir dans ma chair quand Dupin me fit cette question. Un fou, dis-je, aura commis ce meurtre, quelque maniaque furieux échappé à une maison de santé du voisinage.

– Pas trop mal, répliqua-t-il, votre idée est presque applicable.

---

1. **Grumelées** : comportant des grumeaux de sang coagulé.
2. **Subsidiairement** : en plus de tout cela.

Mais les voix des fous, même dans leurs plus sauvages paroxysmes[1], ne se sont jamais accordées avec ce qu'on dit de cette voix singulière entendue dans l'escalier. Les fous font partie d'une nation quelconque ; et leur langage, pour incohérent qu'il soit dans les paroles, est toujours syllabifié[2]. En outre, le cheveu d'un fou ne ressemble pas à celui que je tiens maintenant dans ma main. J'ai dégagé cette petite touffe des doigts rigides et crispés de Mme L'Espanaye. Dites-moi ce que vous en pensez.

– Dupin ! dis-je, complètement bouleversé, ces cheveux sont bien extraordinaires, ce ne sont pas là des cheveux *humains !*

– Je n'ai pas affirmé qu'ils fussent tels, dit-il, mais, avant de nous décider sur ce point, je désire que vous jetiez un coup d'œil sur le petit dessin que j'ai tracé sur ce bout de papier. C'est un *fac-similé* [3] qui représente ce que certaines dépositions définissent *les meurtrissures noirâtres, et les profondes marques d'ongles* trouvées sur le cou de Mlle L'Espanaye, et que MM. Dumas et Étienne appellent *une série de taches livides, évidemment causées par l'impression des doigts.*

– Vous voyez, continua mon ami, en déployant le papier sur la table, que ce dessin donne l'idée d'une poigne solide et ferme. Il n'y a pas d'apparence que les doigts aient glissé. Chaque doigt a gardé, peut-être jusqu'à la mort de la victime, la terrible prise qu'il s'était faite, et dans laquelle il s'est moulé. Essayez maintenant de placer tous vos doigts, en même temps, chacun dans la marque analogue que vous voyez.

J'essayai, mais inutilement.

– Il est possible, dit Dupin, que nous ne fassions pas cette expérience d'une manière décisive. Le papier est déployé sur une surface plane, et la gorge humaine est cylindrique. Voici un rouleau de bois dont la circonférence est à peu près celle d'un cou. Étalez le dessin tout autour, et recommençons l'expérience.

1. **Paroxysmes** : hauts degrés.
2. **Syllabifié** : articulé (mot inventé).
3. **Fac-similé** : reproduction, copie d'un dessin.

J'obéis ; mais la difficulté fut encore plus évidente que la première fois.

– Ceci, dis-je, n'est pas la trace d'une main humaine.

– Maintenant, dit Dupin, lisez ce passage de Cuvier[1].

C'était l'histoire minutieuse, anatomique et descriptive, du grand orang-outang fauve des îles de l'Inde orientale. Tout le monde connaît suffisamment la gigantesque stature, la force et l'agilité prodigieuses, la férocité sauvage, et les facultés d'imitation de ce mammifère. Je compris d'un seul coup tout l'horrible du meurtre.

– La description des doigts, dis-je, quand j'eus fini la lecture, s'accorde parfaitement avec le dessin. Je vois qu'aucun animal, excepté un orang-outang, et de l'espèce en question, n'aurait pu faire des marques telles que celles que vous avez dessinées. Cette touffe de poils fauves est aussi d'un caractère identique à celui de l'animal de Cuvier. Mais je ne me rends pas facilement compte des détails de cet effroyable mystère. D'ailleurs, on a entendu *deux* voix se disputer, et l'une d'elles était incontestablement la voix d'un Français.

– C'est vrai ; et vous vous rappellerez une expression attribuée presque unanimement à cette voix, l'expression *mon Dieu !* Ces mots, dans les circonstances présentes, ont été caractérisés par l'un des témoins (Montani, le confiseur), comme exprimant un reproche et une remontrance. C'est donc sur ces deux mots que j'ai fondé l'espérance de débrouiller complètement l'énigme. Un Français a eu connaissance du meurtre. Il est possible, il est même plus que probable qu'il est innocent de toute participation à cette affaire sanglante. L'orang-outang a pu lui échapper. Il est possible qu'il ait suivi sa trace jusqu'à la chambre, mais que, dans les circonstances terribles qui ont suivi, il n'ait pas pu s'emparer de lui. L'animal est encore libre. Je ne poursuivrai pas ces conjectures, je n'ai pas le droit d'appeler ces idées d'un autre nom,

---

1. **Georges Cuvier** (1769-1832) : zoologiste français.

puisque les ombres de réflexions qui leur servent de base sont d'une profondeur à peine suffisante pour être appréciées par ma propre raison, et que je ne prétendrais pas qu'elles fussent appréciables pour une autre intelligence. Nous les nommerons donc des conjectures, et nous ne les prendrons que pour telles. Si le Français en question est, comme je le suppose, innocent de cette atrocité, cette annonce que j'ai laissée hier au soir, pendant que nous retournions au logis, dans les bureaux du journal *Le Monde* (feuille consacrée aux intérêts maritimes, et très recherchée par les marins), l'amènera chez nous.

Il me tendit un papier, et je lus :

AVIS. – On a trouvé dans le bois de Boulogne, le matin du… courant (c'était le matin de l'assassinat), de fort bonne heure, un énorme orang-outang fauve de l'espèce de Bornéo. Le propriétaire (qu'on sait être un marin appartenant à l'équipage d'un navire maltais[1]) peut retrouver l'animal, après en avoir donné un signalement satisfaisant, et remboursé quelques frais à la personne qui s'en est emparée, et qui l'a gardé. S'adresser rue…, n…, faubourg Saint-Germain, au troisième.

– Comment avez-vous pu, demandai-je à Dupin, savoir que l'homme était un marin, et qu'il appartenait à un navire maltais ?

– Je ne le sais pas, dit-il, je n'en suis pas sûr. Voici toutefois un petit morceau de ruban, qui, j'en juge par sa forme et son aspect graisseux, a évidemment servi à nouer les cheveux en une de ces longues queues qui rendent les marins si fiers et si farauds[2]. En outre, ce nœud est un de ceux que peu de personnes savent faire, excepté les marins, et il est particulier aux Maltais. J'ai ramassé le ruban au bas de la chaîne du paratonnerre. Il est impossible

1. Maltais : de Malte, île située entre la Sicile et la Tunisie.
2. Farauds : prétentieux.

qu'il ait appartenu à l'une des deux victimes. Après tout, si je me suis trompé en induisant de ce ruban que le Français est un marin appartenant à un navire maltais, je n'aurai fait de mal à personne avec mon annonce. Si je suis dans l'erreur, il supposera simplement que j'ai été fourvoyé par quelque circonstance dont il ne prendra pas la peine de s'enquérir. Mais si je suis dans le vrai, il y a un grand point de gagné. Le Français, qui a connaissance du meurtre, bien qu'il en soit innocent, hésitera naturellement à répondre à l'annonce, à réclamer son orang-outang. Il raisonnera ainsi : « Je suis innocent ; je suis pauvre ; mon orang-outang est d'un grand prix ; c'est presque une fortune dans une situation comme la mienne ; pourquoi le perdrais-je, par quelques niaises appréhensions de danger ? Le voilà, il est sous ma main. On l'a trouvé dans le bois de Boulogne, à une grande distance du théâtre du meurtre. Soupçonnera-t-on jamais qu'une bête brute ait pu faire le coup ? La police est dépistée, elle n'a pu retrouver le plus petit fil conducteur. Quand même on serait sur la piste de l'animal, il serait impossible de me prouver que j'aie eu connaissance de ce meurtre, ou de m'incriminer en raison de cette connaissance. Enfin, et avant tout, *je suis connu*. Le rédacteur de l'annonce me désigne comme le propriétaire de la bête. Mais je ne sais pas jusqu'à quel point s'étend sa certitude. Si j'évite de réclamer une propriété d'une aussi grosse valeur, qui est connue pour m'appartenir, je puis attirer sur l'animal un dangereux soupçon. Ce serait de ma part une mauvaise politique d'appeler l'attention sur moi ou sur la bête. Je répondrai décidément à l'avis du journal, je reprendrai mon orang-outang, et je l'enfermerai solidement, jusqu'à ce que cette affaire soit oubliée. »

En ce moment, nous entendîmes un pas qui montait l'escalier.

– Apprêtez-vous, dit Dupin, prenez vos pistolets, mais ne vous en servez pas, ne les montrez pas avant un signal de moi.

On avait laissé ouverte la porte cochère, et le visiteur était entré sans sonner, et avait gravi plusieurs marches de l'escalier. Mais on eût dit maintenant qu'il hésitait. Nous l'entendions redescendre. Dupin se dirigea vivement vers la porte, quand nous l'entendîmes qui remontait. Cette fois, il ne battit pas en retraite, mais s'avança délibérément, et frappa à la porte de notre chambre.

– Entrez, dit Dupin d'une voix gaie et cordiale.

Un homme se présenta. C'était évidemment un marin, un grand, robuste et musculeux individu, avec une expression d'audace de tous les diables qui n'était pas du tout déplaisante. Sa figure, fortement hâlée, était plus d'à moitié cachée par les favoris[1] et les moustaches. Il portait un gros bâton de chêne, mais ne semblait pas autrement armé. Il nous salua gauchement, et nous souhaita le bonsoir avec un accent français qui, bien que légèrement bâtardé de suisse, rappelait suffisamment une origine parisienne.

– Asseyez-vous, mon ami, dit Dupin, je suppose que vous venez pour votre orang-outang. Sur ma parole, je vous l'envie presque ; il est remarquablement beau, et c'est sans doute une bête d'un grand prix. Quel âge lui donnez-vous bien ?

Le matelot aspira longuement, de l'air d'un homme qui se trouve soulagé d'un poids intolérable, et répliqua d'une voix assurée :

– Je ne saurais pas trop vous dire ; cependant, il ne peut guère avoir plus de quatre ou cinq ans. Est-ce que vous l'avez ici ?

– Oh ! non ; nous n'avions pas de lieu commode pour l'enfermer. Il est dans une écurie de manège près d'ici, rue Dubourg. Vous pourrez l'avoir demain matin. Ainsi, vous êtes en mesure de prouver votre droit de propriété ?

– Oui, monsieur, certainement.

– Je serais vraiment peiné de m'en séparer, dit Dupin.

– Je n'entends pas, dit l'homme, que vous ayez pris tant de peine pour rien ; je n'y ai pas compté. Je paierai volontiers une récompense à la personne qui a retrouvé l'animal, une récompense raisonnable, s'entend.

---

1. **Favoris** : touffes de barbe le long des joues.

– Fort bien, répliqua mon ami, tout cela est fort juste, en vérité. Voyons, que donneriez-vous bien ? Ah ! je vais vous le dire. Voici quelle sera ma récompense : vous me raconterez tout ce que vous savez relativement aux assassinats de la rue Morgue.

Dupin prononça ces derniers mots d'une voix très basse et fort tranquillement. Il se dirigea vers la porte avec la même placidité[1], la ferma, et mit la clef dans sa poche. Il tira un pistolet de son sein, et le posa sans le moindre émoi sur la table.

La figure du marin devint pourpre, comme s'il en était aux agonies d'une suffocation. Il se dressa sur ses pieds et saisit son bâton ; mais une seconde après, il se laissa retomber sur son siège, tremblant violemment et la mort sur le visage. Il ne pouvait articuler une parole. Je le plaignais du plus profond de mon cœur.

– Mon ami, dit Dupin d'une voix pleine de bonté, vous vous alarmez sans motif, je vous assure. Nous ne voulons vous faire aucun mal. Sur mon honneur de galant homme et de Français, nous n'avons aucun mauvais dessein[2] contre vous. Je sais parfaitement que vous êtes innocent des horreurs de la rue Morgue. Cependant, cela ne veut pas dire que vous n'y soyez pas quelque peu impliqué. Le peu que je vous aie dit doit vous prouver que j'ai eu sur cette affaire des moyens d'information dont vous ne vous seriez jamais douté. Maintenant la chose est claire pour nous. Vous n'avez rien fait que vous ayez pu éviter, rien, à coup sûr, qui vous rende coupable. Vous auriez pu voler impunément ; vous n'avez même pas été coupable de vol. Vous n'avez rien à cacher ; vous n'avez aucune raison de cacher quoi que ce soit. D'un autre côté, vous êtes contraint par tous les principes de l'honneur à confesser tout ce que vous savez. Un homme innocent est actuellement en prison, accusé du crime dont vous pouvez indiquer l'auteur.

---

1. **Placidité** : calme.
2. **Dessein** : intention.

Pendant que Dupin prononçait ces mots, le matelot avait recouvré [1], en grande partie, sa présence d'esprit ; mais toute sa première hardiesse avait disparu.

– Que Dieu me soit en aide ! dit-il, après une petite pause, je vous dirai tout ce que je sais sur cette affaire ; mais je n'espère pas que vous en croyiez la moitié, je serais vraiment un sot, si je l'espérais ! Cependant, je suis innocent, et je dirai tout ce que j'ai sur le cœur, quand même il m'en coûterait la vie !

Voici en substance ce qu'il nous raconta : Il avait fait dernièrement un voyage dans l'archipel indien. Une bande de matelots, dont il faisait partie, débarqua à Bornéo et pénétra dans l'intérieur pour y faire une excursion d'amateurs. Lui et un de ses camarades avaient pris l'orang-outang. Ce camarade mourut, et l'animal devint donc sa propriété exclusive, à lui. Après bien des embarras causés par l'indomptable férocité du captif pendant la traversée, il réussit à la longue à le loger sûrement dans sa propre demeure à Paris, et, pour ne pas attirer sur lui-même l'insupportable curiosité des voisins, il avait soigneusement enfermé l'animal, jusqu'à ce qu'il l'eût guéri d'une blessure au pied qu'il s'était faite à bord avec une esquille. Son projet, finalement, était de le vendre.

Comme il revenait, une nuit, ou plutôt un matin, le matin du meurtre, d'une petit orgie [2] de matelots, il trouva la bête installée dans sa chambre à coucher ; elle s'était échappée du cabinet voisin, où il la croyait solidement enfermée. Un rasoir à la main et toute barbouillée de savon, elle était assise devant un miroir, et essayait de se raser, comme sans doute elle l'avait vu faire à son maître en l'épiant par le trou de la serrure. Terrifié en voyant une arme si dangereuse dans les mains d'un animal aussi féroce, parfaitement capable de s'en servir, l'homme, pendant quelques instants, n'avait su quel parti prendre. D'habitude, il

1. **Recouvré** : retrouvé.
2. **Orgie** : repas où l'on mange et l'on boit de manière excessive.

avait dompté l'animal, même dans ses accès les plus furieux, par les coups de fouet ; et il voulut y recourir cette fois encore. Mais en voyant le fouet, l'orang-outang bondit à travers la porte de la chambre, dégringola par les escaliers, et, profitant d'une fenêtre ouverte par malheur, il se jeta dans la rue.

Le Français, désespéré, poursuivit le singe ; celui-ci, tenant toujours son rasoir d'une main, s'arrêtait de temps en temps, se retournait, et faisait des grimaces à l'homme qui le poursuivait, jusqu'à ce qu'il se vît près d'être atteint, puis il reprenait sa course. Cette chasse dura ainsi un bon bout de temps. Les rues étaient profondément tranquilles, et il pouvait être trois heures du matin. En traversant un passage derrière la rue Morgue, l'attention du fugitif fut attirée par une lumière qui partait de la fenêtre ouverte de Mme L'Espanaye, au quatrième étage de sa maison. Il se précipita vers le mur, il aperçut la chaîne du paratonnerre, y grimpa avec une inconcevable agilité, saisit le volet, qui était complètement rabattu contre le mur, et en s'appuyant dessus, il s'élança droit sur le chevet du lit.

Toute cette gymnastique ne dura pas une minute. Le volet avait été repoussé contre le mur par le bond que l'orang-outang avait fait en se jetant dans la chambre.

Cependant, le matelot était à la fois joyeux et inquiet. Il avait donc bonne espérance de ressaisir l'animal, qui pouvait difficilement s'échapper de la trappe où il s'était aventuré, et d'où on pouvait lui barrer la fuite. D'un autre côté, il y avait lieu d'être fort inquiet de ce qu'il pouvait faire dans la maison. Cette dernière réflexion incita l'homme à se remettre à la poursuite de son fugitif. Il n'est pas difficile pour un marin de grimper à une chaîne de paratonnerre ; mais, quand il fut arrivé à la hauteur de la fenêtre, située assez loin sur sa gauche, il se trouva fort empêché ; tout ce qu'il put faire de mieux fut de se dresser de manière à jeter un coup d'œil dans l'intérieur de la chambre. Mais ce qu'il vit lui fit presque lâcher prise dans l'excès de sa terreur. C'était alors que s'élevaient les horribles cris qui, à travers le silence de la nuit, réveillèrent en sursaut les habitants de la rue Morgue.

Mme L'Espanaye et sa fille, vêtues de leurs toilettes de nuit, étaient sans doute occupées à ranger quelques papiers dans le coffret de fer dont il a été fait mention, et qui avait été traîné au milieu de la chambre. Il était ouvert, et tout son contenu était éparpillé sur le parquet. Les victimes avaient sans doute le dos tourné à la fenêtre ; et, à en juger par le temps qui s'écoula entre l'invasion de la bête et les premiers cris, il est probable qu'elles ne l'aperçurent pas tout de suite. Le claquement du volet a pu être vraisemblablement attribué au vent.

Quand le matelot regarda dans la chambre, le terrible animal avait empoigné Mme L'Espanaye par ses cheveux qui étaient épars[1] et qu'elle peignait, et il agitait le rasoir autour de sa figure, en imitant les gestes d'un barbier. La fille était par terre, immobile ; elle s'était évanouie. Les cris et les efforts de la vieille dame, pendant lesquels les cheveux lui furent arrachés de la tête, eurent pour effet de changer en fureur les dispositions probablement pacifiques de l'orang-outang. D'un coup rapide de son bras musculeux, il sépara presque la tête du corps. La vue du sang transforma sa fureur en frénésie[2]. Il grinçait des dents, il lançait du feu par les yeux. Il se jeta sur le corps de la jeune personne, il lui ensevelit ses terribles griffes dans la gorge, et les y laissa jusqu'à ce qu'elle fût morte. Ses yeux égarés et sauvages tombèrent en ce moment sur le chevet du lit, au-dessus duquel il put apercevoir la face de son maître, paralysée par l'horreur.

La furie de la bête, qui sans aucun doute se souvenait du terrible fouet, se changea immédiatement en frayeur. Sachant bien qu'elle avait mérité un châtiment, elle semblait vouloir cacher les traces sanglantes de son action, et bondissait à travers la chambre dans un accès d'agitation nerveuse, bousculant et brisant les

---

1. **Épars** : en désordre.
2. **Frénésie** : état de violence et d'excitation.

meubles à chacun de ses mouvements, et arrachant les matelas du lit. Finalement, elle s'empara du corps de la fille, et le poussa dans la cheminée, dans la posture où elle fut trouvée; puis de celui de la vieille dame qu'elle précipita la tête la première à travers la fenêtre.

Comme le singe s'approchait de la fenêtre avec son fardeau tout mutilé, le matelot épouvanté se baissa, et se laissant couler le long de la chaîne sans précautions, il s'enfuit tout d'un trait jusque chez lui, redoutant les conséquences de cette atroce boucherie, et, dans sa terreur, abandonnant volontiers tout souci de la destinée de son orang-outang. Les voix entendues par les gens de l'escalier étaient ses exclamations d'horreur et d'effroi mêlées aux glapissements diaboliques de la bête.

Je n'ai presque rien à ajouter. L'orang-outang s'était sans doute échappé de la chambre par la chaîne du paratonnerre, juste avant que la porte fût enfoncée. En passant par la fenêtre, il l'avait évidemment refermée. Il fut rattrapé plus tard par le propriétaire lui-même, qui le vendit pour un bon prix au jardin des Plantes.

Lebon fut immédiatement relâché, après que nous eûmes raconté toutes les circonstances de l'affaire, assaisonnées de quelques commentaires de Dupin, dans le cabinet même du préfet de police. Ce fonctionnaire, quelque bien disposé qu'il fût envers mon ami, ne pouvait pas absolument déguiser sa mauvaise humeur en voyant l'affaire prendre cette tournure, et se laissa aller à un ou deux sarcasmes[1] sur la manie des personnes qui se mêlaient de ses fonctions.

– Laissez-le parler, dit Dupin, qui n'avait pas jugé à propos de répliquer. Laissez-le jaser, cela allégera sa conscience. Je suis content de l'avoir battu sur son propre terrain. Néanmoins, qu'il n'ait pas pu débrouiller ce mystère, il n'y a nullement lieu de s'en étonner, et cela est moins singulier qu'il ne le croit; car, en

1. **Sarcasmes** : paroles ironiques.

vérité, notre ami le préfet est un peu trop fin pour être profond. Sa science n'a pas de base. Elle est toute en tête, et n'a pas de corps, comme les portraits de la déesse Laverna[1], ou, si vous aimez mieux, toute en tête et en épaules, comme une morue. Mais, après tout, c'est un brave homme. Je l'adore particulièrement pour un merveilleux genre de *cant*[2] auquel il doit sa réputation de génie. Je veux parler de sa manie *de nier ce qui est, et d'expliquer ce qui n'est pas**.

1. **Laverna** : dans la mythologie romaine, déesse des voleurs, représentée par une tête sans corps.
2. **Cant** : abréviation de l'anglais *it can't be*, « c'est impossible », qui renvoie à des expressions toutes faites, des clichés.
* **J.-J. Rousseau**, *La Nouvelle Héloïse*. [*Note d'Edgar Poe*.]

Arrêt sur lecture 3

Un quiz pour commencer

Cochez les bonnes réponses.

❶ *En formulant ses dernières hypothèses, que cherche à comprendre Dupin ?*

- ☐ Qui sont les voisins de Mme L'Espanaye et de sa fille.
- ☐ Qui fut le premier témoin.
- ☒ Qui est à l'origine du crime.

❷ ***Quel genre de vie menaient Mme L'Espanaye et sa fille ?***

- ☒ Une vie retirée et simple.
- ☐ Une vie luxueuse et mondaine.
- ☐ Une vie consacrée aux œuvres de charité.

❸ ***Quelle caractéristique physique du criminel Dupin met-il en évidence ?***

- ☒ Sa force.
- ☐ Sa petite taille.
- ☐ Sa légèreté.

❹ *Selon Dupin, quel est le mobile du double assassinat ?*

- [ ] L'argent.
- [ ] La haine.
- [x] Il n'y a pas de mobile apparent.

❺ *Dans un premier temps, à qui le narrateur identifie-t-il le meurtrier ?*

- [x] À un fou.
- [ ] À une femme.
- [ ] À un animal.

❻ *Quel animal se révèle être le meurtrier ?*

- [ ] Un tigre.
- [ ] Un ours.
- [x] Un orang-outang.

❼ *Qui est le propriétaire de l'animal ?*

- [ ] Un policier.
- [x] Un marin.
- [ ] Un journaliste.

❽ *Que fait la bête au moment où son maître rentre chez lui et la surprend ?*

- [x] Elle essaie de se raser.
- [ ] Elle essaie de faire la cuisine.
- [ ] Elle essaie de s'habiller.

❾ *Quel sort est finalement réservé à l'animal ?*

- [ ] Il est renvoyé à Bornéo.
- [x] Il est vendu au jardin des Plantes.
- [ ] Il est incarcéré par la police.

Des questions pour aller plus loin

Comprendre la résolution de l'énigme

L'affreux spectacle du crime

❶ Quand Dupin évoque le lieu du crime (p. 56), sur quel aspect de la chambre met-il l'accent ? Que cherche-t-il à prouver ?
❷ Dans le discours de Dupin, relevez les expansions du nom qui caractérisent le meurtre. Que mettent-elles en évidence ?
❸ En quoi le meurtre se révèle-t-il horrible ? Identifiez les différents gestes accomplis par le meurtrier.
❹ Dans son récit, comment le marin explique-t-il les réactions de Mme L'Espanaye et sa fille puis les blessures mortelles qu'elles ont reçues ?
❺ Comment le marin a-t-il réagi au spectacle de cet horrible meurtre ?
❻ Face à l'horreur du crime, comment l'émotivité du narrateur se manifeste-t-elle ? En quoi l'attitude de Dupin est-elle différente ?

Des indices aux conclusions de l'enquête

❼ Quelle est la méthode de Dupin pour susciter la réflexion du narrateur ? Repérez les types de phrases utilisés.
❽ Quels sont les indices trouvés sur les lieux du crime qui permettent à Dupin de proposer ses déductions sur l'identité de l'assassin ?
❾ Comment Dupin procède-t-il pour faire deviner au narrateur qui est à l'origine du crime ?
❿ Quelle est l'importance du « petit morceau de ruban » trouvé par Dupin rue Morgue ? Identifiez le passage précis dans lequel Dupin l'explique.
⓫ Dans le récit du marin, quels sont les éléments qui vérifient les hypothèses formulées par Dupin ? Retrouvez les correspondances entre

les suppositions et les confirmations concernant l'identité du véritable meurtrier, l'arme du crime et les circonstances de l'arrivée de l'animal.
⓬ Quelles sont les conséquences de l'enquête de Dupin ?

L'orang-outang, un coupable extraordinaire

⓭ Relevez les expressions par lesquelles Dupin esquisse un portrait original de l'assassin avant de dévoiler sa véritable identité.
⓮ Grâce à quelle référence Dupin confirme-t-il au narrateur ses hypothèses sur l'identité du meurtrier ?
⓯ Quelle est l'histoire de l'orang-outang depuis son départ de Bornéo ?
⓰ Dans son récit du meurtre, quel portrait de l'animal dresse le marin ?
⓱ Dupin emploie le mot « grotesquerie » (p. 58) pour décrire le double assassinat. En quoi et à quels moments l'orang-outang apparaît-il en effet comme une créature grotesque ?
⓲ Quel effet produit la chute de cette nouvelle sur le lecteur ? Pourquoi le mélange des registres rend-il cette chute particulièrement extraordinaire ?

Rappelez-vous !
La résolution de l'énigme permet de répondre à quatre questions : qui ? (le coupable est identifié), quand ? (les circonstances sont élucidées), comment ? (les conditions du crime sont connues), pourquoi ? (le mobile du crime est découvert).

De la lecture à l'écriture

Des mots pour mieux écrire

❶ ***Complétez chacune de ces phrases avec les mots qui conviennent et accordez-les si nécessaire :*** suffocation, gauchement, frénésie, glapissement, placidité.

a. Elle est si angoissée qu'elle a des _________ comme si elle manquait d'air.
b. Croyant qu'ils allaient être découverts d'un moment à l'autre, les voleurs ont agi avec _________.
c. Terrifié à l'idée de devoir sauter dans le vide, cet enfant poussait des _________ très aigus.
d. Sûr de son innocence, l'accusé répondait avec une grande _________ au tribunal.
e. L'apprenti cherchait à imiter les gestes de son maître mais il s'y prenait _________.

❷ **a.** ***Dans le dictionnaire, cherchez l'étymologie du mot*** passion.
b. ***Trouvez trois autres mots de la même famille et employez-les dans trois phrases de votre invention.***

À vous d'écrire

❶ À partir du déroulement du meurtre retracé par le marin, imaginez le monologue intérieur de Mlle L'Espanaye depuis l'arrivée de l'orang-outang dans la chambre jusqu'à sa mort.
Consigne. D'une quinzaine de lignes, votre récit sera rédigé à la première personne du singulier. Vous utiliserez le champ lexical de la peur.

❷ Vous êtes journaliste. Vous rédigez pour la rubrique « Faits divers » de votre quotidien l'article qui dévoile l'identité du meurtrier de la rue Morgue et raconte les circonstances dans lesquelles le mystère s'est résolu, grâce à l'intervention du détective Dupin.
Consigne. D'une vingtaine de lignes, votre article aura un titre et un chapeau introductif. Vous respecterez la chronologie des faits et utiliserez des connecteurs spatio-temporels.

Du texte à l'image

➡ Robert Delaunay, *Rythme I*, 1926.
(Image reproduite en fin d'ouvrage, au verso de la couverture.)

Lire l'image

❶ Observez le tableau de Robert Delaunay et décrivez avec précision les formes et les couleurs. À votre avis, cette peinture est-elle « figurative » ou « abstraite » ?
❷ Quels effets produisent cette construction picturale ?
❸ Selon vous, pourquoi le peintre a-t-il donné comme titre à son tableau *Rythme I* ?

Comparer le texte et l'image

❹ Dans le cadre de l'enquête policière que mène Dupin, de quelle pratique pouvez-vous rapprocher l'organisation de ces figures ?
❺ De quel genre de phénomène fantastique ce tableau serait-il l'illustration ?
❻ Quelles sont les couleurs qui paraîtraient particulièrement liées à certains événements ou à l'atmosphère générale de la nouvelle ?

À vous de créer

❼ Imaginez l'objet ou la scène que pourrait représenter ce tableau de Robert Delaunay et décrivez-le (la) en une dizaine de lignes.

❽ Trouvez un morceau de musique de votre choix qui s'accorderait à ce tableau et expliquez en une dizaine de lignes, dans un propos argumenté, les raisons pour lesquelles ce rapprochement vous semble justifié.

Le Chat noir

Première parution
dans le *United States Saturday Post*
du 19 août 1843

Relativement à la très étrange et pourtant très familière histoire que je vais coucher par écrit, je n'attends ni ne sollicite la créance[1]. Vraiment, je serais fou de m'y attendre dans un cas où mes sens eux-mêmes rejettent leur propre témoignage. Cependant, je ne suis pas fou, et très certainement je ne rêve pas. Mais demain je meurs, et aujourd'hui je voudrais décharger mon âme. Mon dessein[2] immédiat est de placer devant le monde, clairement, succinctement[3] et sans commentaires, une série de simples événements domestiques. Dans leurs conséquences, ces événements m'ont terrifié, m'ont torturé, m'ont anéanti. Cependant, je n'essaierai pas de les élucider. Pour moi, ils ne m'ont guère présenté que de l'horreur; à beaucoup de personnes ils paraîtront moins terribles que *baroques*[4]. Plus tard peut-être il se trouvera une intelligence qui réduira mon fantôme à l'état de lieu commun, quelque intelligence plus calme, plus logique, et beaucoup moins excitable que la mienne, qui ne trouvera dans les circonstances que je raconte avec terreur qu'une succession ordinaire de causes et d'effets très naturels.

Dès mon enfance, j'étais noté pour la docilité et l'humanité de mon caractère. Ma tendresse de cœur était même si remarquable qu'elle avait fait de moi le jouet de mes camarades. J'étais

1. **Je ne sollicite la créance** : je ne demande pas qu'on me croie.
2. **Dessein** : but.
3. **Succinctement** : brièvement.
4. **Baroques** : bizarres, étranges.

particulièrement fou des animaux, et mes parents m'avaient permis de posséder une grande variété de favoris[1]. Je passais presque tout mon temps avec eux, et je n'étais jamais si heureux que quand je les nourrissais et les caressais. Cette particularité de mon caractère s'accrut avec ma croissance, et, quand je devins homme, j'en fis une de mes principales sources de plaisirs. Pour ceux qui ont voué une affection à un chien fidèle et sagace[2], je n'ai pas besoin d'expliquer la nature ou l'intensité des jouissances qu'on peut en tirer. Il y a dans l'amour désintéressé d'une bête, dans ce sacrifice d'elle-même, quelque chose qui va directement au cœur de celui qui a eu fréquemment l'occasion de vérifier la chétive[3] amitié et la fidélité de gaze[4] de l'*homme naturel*.

Je me mariai de bonne heure, et je fus heureux de trouver dans ma femme une disposition sympathique à la mienne. Observant mon goût pour ces favoris domestiques, elle ne perdit aucune occasion de me procurer ceux de l'espèce la plus agréable. Nous eûmes des oiseaux, un poisson doré, un beau chien, des lapins, un petit singe et un *chat*.

Ce dernier était un animal remarquablement fort et beau, entièrement noir, et d'une sagacité merveilleuse. En parlant de son intelligence, ma femme, qui au fond n'était pas peu pénétrée de superstition, faisait de fréquentes allusions à l'ancienne croyance populaire qui regardait tous les chats noirs comme des sorcières déguisées. Ce n'est pas qu'elle fût toujours *sérieuse* sur ce point, et, si je mentionne la chose, c'est simplement parce que cela me revient, en ce moment même, à la mémoire.

Pluton[5], c'était le nom du chat, était mon préféré, mon camarade. Moi seul, je le nourrissais, et il me suivait dans la maison

1. **Favoris** : animaux préférés.
2. **Sagace** : intelligent.
3. **Chétive** : fragile.
4. Image comparant la fidélité humaine à la gaze, un tissu léger et fragile.
5. **Pluton** : dans la mythologie romaine, dieu des Enfers.

partout où j'allais. Ce n'était même pas sans peine que je parvenais à l'empêcher de me suivre dans les rues.

Notre amitié subsista ainsi plusieurs années, durant lesquelles l'ensemble de mon caractère et de mon tempérament – par l'opération du Démon Intempérance[1], je rougis de le confesser – subit une altération[2] radicalement mauvaise. Je devins de jour en jour plus morne[3], plus irritable, plus insoucieux des sentiments des autres. Je me permis d'employer un langage brutal à l'égard de ma femme. À la longue, je lui infligeai même des violences personnelles. Mes pauvres favoris, naturellement, durent ressentir le changement de mon caractère. Non seulement je les négligeais, mais je les maltraitais. Quant à Pluton, toutefois, j'avais encore pour lui une considération suffisante qui m'empêchait de le malmener, tandis que je n'éprouvais aucun scrupule à maltraiter les lapins, le singe et même le chien, quand, par hasard ou par amitié, ils se jetaient dans mon chemin. Mais mon mal m'envahissait de plus en plus, car quel mal est comparable à l'Alcool ! et à la longue Pluton lui-même, qui maintenant se faisait vieux et qui naturellement devenait quelque peu maussade[4], Pluton lui-même commença à connaître les effets de mon méchant caractère.

Une nuit, comme je rentrais au logis très ivre, au sortir d'un de mes repaires[5] habituels des faubourgs, je m'imaginai que le chat évitait ma présence. Je le saisis ; mais lui, effrayé de ma violence, il me fit à la main une légère blessure avec les dents. Une fureur de démon s'empara soudainement de moi. Je ne me connus plus. Mon âme originelle sembla tout d'un coup s'envoler de mon corps, et une méchanceté hyperdiabolique,

---

1. Poe emploie cette allégorie pour décrire les excès du narrateur qui sombre progressivement dans l'alcool.
2. **Altération** : changement.
3. **Morne** : triste.
4. **Maussade** : boudeur, mécontent.
5. **Repaires** : ici, cafés mal fréquentés.

saturée de gin, pénétra chaque fibre de mon être. Je tirai de la poche de mon gilet un canif, je l'ouvris; je saisis la pauvre bête par la gorge, et, délibérément, je fis sauter un de ses yeux de son orbite! Je rougis, je brûle, je frissonne en écrivant cette damnable atrocité!

Quand la raison me revint avec le matin; quand j'eus cuvé les vapeurs de ma débauche[1] nocturne, j'éprouvai un sentiment moitié d'horreur, moitié de remords, pour le crime dont je m'étais rendu coupable; mais c'était tout au plus un faible et équivoque[2] sentiment, et l'âme n'en subit pas les atteintes. Je me replongeai dans les excès, et bientôt je noyai dans le vin tout le souvenir de mon action.

Cependant le chat guérit lentement. L'orbite de l'œil perdu présentait, il est vrai, un aspect effrayant, mais il n'en parut plus souffrir désormais. Il allait et venait dans la maison selon son habitude; mais, comme je devais m'y attendre, il fuyait avec une extrême terreur à mon approche. Il me restait assez de mon ancien cœur pour me sentir d'abord affligé[3] de cette évidente antipathie de la part d'une créature qui jadis m'avait tant aimé. Mais ce sentiment fit bientôt place à l'irritation. Et alors apparut, comme pour ma chute finale et irrévocable[4], l'esprit de PERVERSITÉ. De cet esprit la philosophie ne tient aucun compte. Cependant, aussi sûr que mon âme existe, je crois que la perversité est une des primitives impulsions du cœur humain; une des indivisibles premières facultés ou sentiments qui donnent la direction au caractère de l'homme. Qui ne s'est pas surpris cent fois commettant une action sotte ou vile[5], par la seule raison qu'il savait devoir *ne pas* la commettre? N'avons-nous pas une perpétuelle inclination[6],

1. **Débauche** : excès.
2. **Équivoque** : ambigu, qui n'est pas clair.
3. **Affligé** : triste.
4. **Irrévocable** : définitive.
5. **Vile** : indigne, méprisable.
6. **Inclination** : penchant, désir.

malgré l'excellence de notre jugement, à violer ce qui est la *Loi*, simplement parce que nous comprenons que c'est la *Loi* ? Cet esprit de perversité, dis-je, vint causer ma déroute[1] finale. C'est ce désir ardent, insondable[2] de l'âme de *se torturer elle-même,* de violenter sa propre nature, de faire le mal pour l'amour du mal seul, qui me poussait à continuer, et finalement, à consommer le supplice que j'avais infligé à la bête inoffensive. Un matin, de sang-froid, je glissai un nœud coulant autour de son cou, et je le pendis à la branche d'un arbre ; je le pendis avec des larmes plein mes yeux ; avec le plus amer remords dans le cœur ; je le pendis, *parce que* je savais qu'il m'avait aimé, et *parce que* je sentais qu'il ne m'avait donné aucun sujet de colère ; je le pendis, *parce que* je savais qu'en faisant ainsi je commettais un péché, un péché mortel qui compromettait mon âme immortelle, au point de la placer, si une telle chose était possible, même au-delà de la miséricorde[3] infinie du Dieu très miséricordieux et très terrible.

Dans la nuit qui suivit le jour où fut commise cette action cruelle, je fus tiré de mon sommeil par le cri : au feu ! Les rideaux de mon lit étaient en flammes. Toute la maison flambait. Ce ne fut pas sans une grande difficulté que nous échappâmes à l'incendie, ma femme, un domestique, et moi. La destruction fut complète. Toute ma fortune fut engloutie, et je m'abandonnai dès lors au désespoir.

Je ne cherche pas à établir une liaison de cause à effet entre l'atrocité et le désastre, je suis au-dessus de cette faiblesse. Mais je rends compte d'une chaîne de faits, et je ne veux pas négliger un seul anneau. Le jour qui suivit l'incendie, je visitai les ruines. Les murailles étaient tombées, une seule exceptée ; et cette seule exception se trouva être une cloison intérieure, peu épaisse, située à peu près au milieu de la maison, et contre laquelle s'appuyait le chevet de mon lit. La maçonnerie avait ici, en grande partie,

1. **Déroute** : défaite.
2. **Insondable** : qui ne peut pas être expliqué.
3. **Miséricorde** : clémence, indulgence.

résisté à l'action du feu, fait que j'attribuai à ce qu'elle avait été récemment remise à neuf. Autour de ce mur, une foule épaisse était rassemblée, et plusieurs personnes paraissaient en examiner une portion particulière avec une minutieuse et vive attention. Les mots : étrange ! singulier ! et autres expressions semblables excitèrent ma curiosité. Je m'approchai, et je vis, semblable à un bas-relief, sculpté sur la surface blanche, la figure d'un gigantesque *chat*. L'image était rendue avec une exactitude vraiment merveilleuse. Il y avait une corde autour du cou de l'animal.

Tout d'abord, en voyant cette apparition, car je ne pouvais guère considérer cela que comme une apparition, mon étonnement et ma terreur furent extrêmes. Mais, enfin, la réflexion vint à mon aide. Le chat, je m'en souvenais, avait été pendu dans un jardin adjacent à[1] la maison. Aux cris d'alarme, ce jardin avait été immédiatement envahi par la foule, et l'animal avait dû être détaché de l'arbre par quelqu'un, et jeté dans ma chambre à travers une fenêtre ouverte. Cela avait été fait, sans doute, dans le but de m'arracher au sommeil. La chute des autres murailles avait comprimé la victime de ma cruauté dans la substance du plâtre fraîchement étendu ; la chaux[2] de ce mur, combinée avec les flammes et l'ammoniaque[3] du cadavre, avait ainsi opéré l'image telle que je la voyais.

Quoique je satisfisse ainsi lestement ma raison, sinon tout à fait ma conscience, relativement au fait surprenant que je viens de raconter, il n'en fit pas moins sur mon imagination une impression profonde. Pendant plusieurs mois je ne pus me débarrasser du fantôme du chat ; et durant cette période un demi-sentiment revint dans mon âme, qui paraissait être, mais qui n'était pas, le remords. J'allai jusqu'à déplorer la perte de l'animal, et à chercher autour de moi, dans les bouges[4] méprisables que maintenant je

1. **Adjacent à** : voisin de.
2. **Chaux** : enduit dont on se sert pour revêtir les murs d'une maison.
3. **Ammoniaque** : substance gazeuse issue de la décomposition du cadavre du chat.
4. **Bouges** : cafés mal fréquentés.

fréquentais habituellement, un autre favori de la même espèce et d'une figure à peu près semblable pour le suppléer[1].

Une nuit, comme j'étais assis à moitié stupéfié, dans un repaire plus qu'infâme, mon attention fut soudainement attirée vers un objet noir, reposant sur le haut d'un des immenses tonneaux de gin ou de rhum qui composaient le principal ameublement de la salle. Depuis quelques minutes je regardais fixement le haut de ce tonneau, et ce qui me surprenait maintenant, c'était de n'avoir pas encore aperçu l'objet situé dessus. Je m'en approchai, et je le touchai avec ma main. C'était un chat noir, un très gros chat, au moins aussi gros que Pluton, lui ressemblant absolument, excepté en un point. Pluton n'avait pas un poil blanc sur tout le corps; celui-ci portait une éclaboussure large et blanche, mais d'une forme indécise, qui couvrait presque toute la région de la poitrine.

À peine l'eus-je touché qu'il se leva subitement, ronronna fortement, se frotta contre ma main, et parut enchanté de mon attention. C'était donc là la vraie créature dont j'étais en quête. J'offris tout de suite au propriétaire de le lui acheter; mais cet homme ne le revendiqua pas, ne le connaissait pas, ne l'avait jamais vu auparavant.

Je continuai mes caresses, et, quand je me préparai à retourner chez moi, l'animal se montra disposé à m'accompagner. Je lui permis de le faire; me baissant de temps à autre, et le caressant en marchant. Quand il fut arrivé à la maison, il s'y trouva comme chez lui, et devint tout de suite le grand ami de ma femme.

Pour ma part, je sentis bientôt s'élever en moi une antipathie contre lui. C'était justement le contraire de ce que j'avais espéré; mais, je ne sais ni comment ni pourquoi cela eut lieu, son évidente tendresse pour moi me dégoûtait presque et me fatiguait. Par de lents degrés, ces sentiments de dégoût et d'ennui

1. **Suppléer** : remplacer.

s'élevèrent jusqu'à l'amertume[1] de la haine. J'évitais la créature; une certaine sensation de honte et le souvenir de mon premier acte de cruauté m'empêchèrent de la maltraiter. Pendant quelques semaines, je m'abstins de battre le chat ou de le malmener violemment; mais graduellement, insensiblement, j'en vins à le considérer avec une indicible horreur, et à fuir silencieusement son odieuse présence, comme le souffle d'une peste.

Ce qui ajouta sans doute à ma haine contre l'animal fut la découverte que je fis le matin, après l'avoir amené à la maison, que, comme Pluton, lui aussi avait été privé d'un de ses yeux. Cette circonstance, toutefois, ne fit que le rendre plus cher à ma femme, qui, comme je l'ai déjà dit, possédait à un haut degré cette tendresse de sentiment qui jadis avait été mon trait caractéristique et la source fréquente de mes plaisirs les plus simples et les plus purs.

Néanmoins, l'affection du chat pour moi paraissait s'accroître en raison de mon aversion[2] contre lui. Il suivait mes pas avec une opiniâtreté[3] qu'il serait difficile de faire comprendre au lecteur. Chaque fois que je m'asseyais, il se blottissait sous ma chaise, ou il sautait sur mes genoux, me couvrant de ses affreuses caresses. Si je me levais pour marcher, il se fourrait dans mes jambes, et me jetait presque par terre, ou bien, enfonçant ses griffes longues et aiguës dans mes habits, grimpait de cette manière jusqu'à ma poitrine. Dans ces moments-là, quoique je désirasse le tuer d'un bon coup, j'en étais empêché, en partie par le souvenir de mon premier crime, mais principalement, je dois le confesser tout de suite, par une véritable *terreur* de la bête.

Cette terreur n'était pas positivement la terreur d'un mal physique, et cependant je serais fort en peine de la définir autrement. Je suis presque honteux d'avouer, oui, même dans cette cellule[4]

---

1. **Amertume** : rancœur, découragement.
2. **Aversion** : haine.
3. **Opiniâtreté** : acharnement.
4. **Cellule** : petite pièce d'une prison.

de malfaiteur, je suis presque honteux d'avouer que la terreur et l'horreur que m'inspirait l'animal avaient été accrues par une des plus parfaites chimères[1] qu'il fût possible de concevoir. Ma femme avait appelé mon attention plus d'une fois sur le caractère de la tache blanche dont j'ai parlé, et qui constituait l'unique différence visible entre l'étrange bête et celle que j'avais tuée. Le lecteur se rappellera sans doute que cette marque, quoique grande, était primitivement indéfinie dans sa forme ; mais, lentement, par degrés, par des degrés imperceptibles, et que ma raison s'efforça longtemps de considérer comme imaginaires, elle avait à la longue pris une rigoureuse netteté de contours. Elle était maintenant l'image d'un objet que je frémis de nommer – et c'était là surtout ce qui me faisait prendre le monstre en horreur et en dégoût, et m'aurait poussé à m'en délivrer, *si je l'avais osé.* C'était maintenant, dis-je, l'image d'une hideuse, d'une sinistre chose, l'image du GIBET[2] ! oh ! lugubre et terrible machine ! machine d'Horreur et de Crime, d'Agonie et de Mort !

Et, maintenant, j'étais en vérité misérable au-delà de la misère possible de l'Humanité. Une bête brute, dont j'avais avec mépris détruit le frère, *une bête brute* engendrée[3] pour *moi*, pour moi, homme façonné à l'image du Dieu Très-Haut, une si grande et si intolérable infortune[4] ! Hélas ! je ne connaissais plus la béatitude du repos[5], ni le jour ni la nuit ! Durant le jour, la créature ne me laissait pas seul un moment ; et, pendant la nuit, à chaque instant, quand je sortais de mes rêves pleins d'une intraduisible angoisse, c'était pour sentir la tiède haleine de la *chose* sur mon visage, et son immense poids, incarnation d'un cauchemar que j'étais impuissant à secouer, éternellement posé sur mon *cœur* !

1. **Chimères** : fantasmes, illusions.
2. **Gibet** : lieu de supplice pour les condamnés à la pendaison.
3. **Engendrée** : créée.
4. **Infortune** : malheur.
5. **La béatitude du repos** : la sérénité qu'apporte le repos.

Sous la pression de pareils tourments, le peu de bon qui restait en moi succomba. De mauvaises pensées devinrent mes seules intimes, les plus sombres et les plus mauvaises de toutes les pensées. La tristesse de mon humeur habituelle s'accrut jusqu'à la haine de toutes choses et de toute humanité ; cependant ma femme, qui ne se plaignait jamais, hélas ! était mon souffre-douleur ordinaire, la plus patiente victime des soudaines, fréquentes et indomptables éruptions d'une furie à laquelle je m'abandonnai dès lors aveuglément.

Un jour, elle m'accompagna pour quelque besogne domestique dans la cave du vieux bâtiment où notre pauvreté nous contraignait d'habiter. Le chat me suivit sur les marches roides[1] de l'escalier, et, m'ayant presque culbuté la tête la première, m'exaspéra jusqu'à la folie. Levant une hache, et oubliant dans ma rage la peur puérile[2] qui jusque-là avait retenu ma main, j'adressai à l'animal un coup qui eût été mortel, s'il avait porté comme je le voulais ; mais ce coup fut arrêté par la main de ma femme. Cette intervention m'aiguillonna[3] jusqu'à une rage plus que démoniaque ; je débarrassai mon bras de son étreinte et lui enfonçai ma hache dans le crâne. Elle tomba morte sur la place, sans pousser un gémissement.

Cet horrible meurtre accompli, je me mis immédiatement et très délibérément en mesure de cacher le corps. Je compris que je ne pouvais pas le faire disparaître de la maison, soit de jour, soit de nuit, sans courir le danger d'être observé par les voisins. Plusieurs projets traversèrent mon esprit. Un moment j'eus l'idée de couper le cadavre par petits morceaux, et de les détruire par le feu. Puis, je résolus de creuser une fosse dans le sol de la cave. Puis, je pensai à le jeter dans le puits de la cour, puis à l'emballer dans une caisse, comme marchandise, avec les

1. **Roides** : raides, abruptes.
2. **Puérile** : enfantine.
3. **M'aiguillonna** : m'anima, me stimula.

formes usitées[1], et à charger un commissionnaire de le porter hors de la maison. Finalement, je m'arrêtai à un expédient[2] que je considérai comme le meilleur de tous. Je me déterminai à le murer dans la cave, comme les moines du Moyen Âge muraient, dit-on, leurs victimes.

La cave était fort bien disposée pour un pareil dessein. Les murs étaient construits négligemment, et avaient été récemment enduits dans toute leur étendue d'un gros plâtre que l'humidité de l'atmosphère avait empêché de durcir. De plus, dans l'un des murs, il y avait une saillie[3] causée par une fausse cheminée, ou espèce d'âtre, qui avait été comblée et maçonnée dans le même genre que le reste de la cave. Je ne doutais pas qu'il ne me fût facile de déplacer les briques à cet endroit, d'y introduire le corps, et de murer le tout de la même manière, de sorte qu'aucun œil n'y pût rien découvrir de suspect.

Et je ne fus pas déçu dans mon calcul. À l'aide d'une pince, je délogeai très aisément les briques et, ayant soigneusement appliqué le corps contre le mur intérieur, je le soutins dans cette position jusqu'à ce que j'eusse rétabli, sans trop de peine, toute la maçonnerie dans son état primitif. M'étant procuré du mortier, du sable et du poil avec toutes les précautions imaginables, je préparai un crépi qui ne pouvait pas être distingué de l'ancien, et j'en recouvris très soigneusement le nouveau briquetage. Quand j'eus fini, je vis avec satisfaction que tout était pour le mieux. Le mur ne présentait pas la plus légère trace de dérangement. J'enlevai tous les gravats avec le plus grand soin, j'épluchai pour ainsi dire le sol. Je regardai triomphalement autour de moi, et me dis à moi-même : Ici, au moins, ma peine n'aura pas été perdue !

Mon premier mouvement fut de chercher la bête qui avait été la cause d'un si grand malheur ; car, à la fin, j'avais résolu

1. **Usitées** : en usage, courantes.
2. **Expédient** : moyen, solution.
3. **Saillie** : partie qui avance, qui dépasse.

fermement de la mettre à mort. Si j'avais pu la rencontrer dans ce moment, sa destinée était claire ; mais il paraît que l'artificieux[1] animal avait été alarmé par la violence de ma récente colère, et qu'il prenait soin de ne pas se montrer dans l'état actuel de mon humeur. Il est impossible de décrire ou d'imaginer la profonde, la béate sensation de soulagement que l'absence de la détestable créature détermina dans mon cœur. Elle ne se présenta pas de toute la nuit, et ainsi ce fut la première bonne nuit, depuis son introduction dans la maison, que je dormis solidement et tranquillement ; oui, je *dormis* avec le poids de ce meurtre sur l'âme !

Le second et le troisième jour s'écoulèrent, et cependant mon bourreau ne vint pas. Une fois encore je respirai comme un homme libre. Le monstre, dans sa terreur, avait vidé les lieux pour toujours ! Je ne le verrais donc plus jamais ! Mon bonheur était suprême ! La criminalité de ma ténébreuse action ne m'inquiétait que fort peu. On avait bien fait une espèce d'enquête, mais elle s'était satisfaite à bon marché. Une perquisition avait même été ordonnée, mais naturellement on ne pouvait rien découvrir. Je regardais ma félicité[2] à venir comme assurée.

Le quatrième jour depuis l'assassinat, une troupe d'agents de police vint très inopinément[3] à la maison, et procéda de nouveau à une rigoureuse investigation des lieux. Confiant, néanmoins, dans l'impénétrabilité de la cachette, je n'éprouvai aucun embarras. Les officiers me firent les accompagner dans leur recherche. Ils ne laissèrent pas un coin, pas un angle inexploré. À la fin, pour la troisième ou quatrième fois, ils descendirent dans la cave. Pas un muscle en moi ne tressaillit. Mon cœur battait paisiblement, comme celui d'un homme qui dort dans l'innocence. J'arpentais la cave d'un bout à l'autre ; je croisais mes bras sur ma poitrine, me promenais çà et là avec aisance. La police était pleinement

1. **Artificieux** : trompeur, hypocrite.
2. **Félicité** : bonheur.
3. **Inopinément** : de façon inattendue, par surprise.

satisfaite et se préparait à décamper. La jubilation[1] de mon cœur était trop forte pour être réprimée. Je brûlais de dire au moins un mot, rien qu'un mot, en manière de triomphe, et de rendre deux fois plus convaincue leur conviction de mon innocence.

– Gentlemen, dis-je à la fin, comme leur troupe remontait l'escalier, je suis enchanté d'avoir apaisé vos soupçons. Je vous souhaite à tous une bonne santé et un peu plus de courtoisie. Soit dit en passant, gentlemen, voilà, voilà une maison singulièrement bien bâtie (dans mon désir enragé de dire quelque chose d'un air délibéré, je savais à peine ce que je débitais) ; je puis dire que c'est une maison *admirablement* bien construite. Ces murs – est-ce que vous partez, gentlemen ? –, ces murs sont solidement maçonnés !

Et ici, par une bravade[2] frénétique, je frappai fortement avec une canne que j'avais à la main juste sur la partie du briquetage derrière laquelle se tenait le cadavre de l'épouse de mon cœur.

Ah ! qu'au moins Dieu me protège et me délivre des griffes de l'Archidémon ! À peine l'écho de mes coups était-il tombé dans le silence, qu'une voix me répondit du fond de la tombe ! une plainte, d'abord voilée et entrecoupée, comme le sanglotement d'un enfant, puis, bientôt, s'enflant en un cri prolongé, sonore et continu, tout à fait anormal et antihumain, un hurlement, un glapissement, moitié horreur et moitié triomphe, comme il en peut monter seulement de l'enfer, affreuse harmonie jaillissant à la fois de la gorge des damnés[3] dans leurs tortures, et des démons exultant dans la damnation !

Vous dire mes pensées, ce serait folie. Je me sentis défaillir[4], et je chancelai contre le mur opposé. Pendant un moment, les officiers placés sur les marches restèrent immobiles, stupéfiés

1. **Jubilation** : joie très vive.
2. **Bravade** : défi insolent.
3. **Damnés** : personnes condamnées aux peines de l'enfer.
4. **Défaillir** : perdre connaissance.

par la terreur. Un instant après, une douzaine de bras robustes s'acharnaient sur le mur. Il tomba tout d'une pièce. Le corps, déjà grandement délabré et souillé de sang grumelé[1], se tenait droit devant les yeux des spectateurs. Sur sa tête, avec la gueule rouge dilatée[2] et l'œil unique flamboyant, était perchée la hideuse bête dont l'astuce m'avait induit[3] à l'assassinat, et dont la voix révélatrice m'avait livré au bourreau. J'avais muré le monstre dans la tombe !

1. **Grumelé** : avec des grumeaux.
2. **Dilatée** : grande ouverte.
3. **Induit** : poussé.

Arrêt sur lecture 4

Un quiz pour commencer

Cochez les bonnes réponses.

❶ *Au début de la nouvelle, où se trouve le narrateur ?*

- ❒ En prison.
- ❒ Chez lui.
- ❒ Dans un café.

❷ *Quel est le prénom du premier chat du narrateur ?*

- ❒ Neptune.
- ❒ Pluton.
- ❒ Vulcain.

❸ *Qu'arrive-t-il au premier chat du narrateur lorsque ce dernier rentre ivre chez lui ?*

- ❒ Le narrateur lui coupe une oreille.
- ❒ Le narrateur le bat.
- ❒ Le narrateur lui arrache un œil.

❹ *Comment meurt le premier chat du narrateur ?*

- ❒ Le narrateur l'empoisonne.
- ❒ Le narrateur le pend.
- ❒ Le narrateur le noie.

❺ *Quel événement tragique entoure la mort du premier chat ?*

- ❒ La maison du narrateur est détruite dans un incendie.
- ❒ La femme du narrateur est retrouvée morte.
- ❒ Le narrateur est assassiné par sa femme.

❻ *Où le narrateur trouve-t-il son deuxième chat ?*

- ❒ Près de sa maison.
- ❒ Dans son jardin.
- ❒ Dans un café sinistre.

❼ *Quel est le point commun entre le premier et le deuxième chat du narrateur ?*

- ❒ Ils ont tous les deux une tache blanche sur la poitrine.
- ❒ Ils sont tous les deux de petite taille.
- ❒ Ce sont tous les deux des chats noirs.

❽ *Pourquoi le narrateur tue-t-il sa femme ?*

- ❒ Parce qu'elle l'empêche de tuer son chat.
- ❒ Parce qu'elle est devenue folle.
- ❒ Parce qu'il ne la supporte plus depuis longtemps.

❾ *Comment le crime du narrateur est-il découvert ?*

- ❒ Le narrateur se livre à la police et avoue son crime.
- ❒ La police est alertée par les miaulements du chat.
- ❒ Un voisin dénonce le narrateur à la police.

Des questions pour aller plus loin

Étudier l'installation de l'angoisse dans un récit fantastique

La confession d'un meurtrier

❶ Pourquoi le narrateur décide-t-il de faire ce récit ? Quel pacte semble-t-il vouloir passer avec le lecteur ?
❷ Dans les trois premiers paragraphes de la nouvelle, analysez l'emploi des temps. Quel changement s'opère entre le premier et le deuxième paragraphe ?
❸ Quel est le statut du narrateur et quel est le point de vue adopté dans cette nouvelle ? Appuyez-vous sur des indices précis (verbes de perception, de sentiment, de pensée).
❹ Quel portrait du narrateur peut-on établir à la lecture du récit ? Relevez les adjectifs décrivant ses qualités et ses défauts. Pourquoi devient-il de plus en plus violent ?
❺ Transposez au style indirect les paroles du narrateur (p. 91, l. 351-359).
❻ Dans quelle mesure la chute de la nouvelle nous ramène-t-elle inévitablement au préambule ?

Deux chats maléfiques

❼ En quoi un chat noir est-il un protagoniste particulièrement approprié dans un récit fantastique ?
❽ Dans les descriptions qui sont faites des deux chats, relevez les caractérisants (adjectifs, noms, comparaisons) qui rendent ces animaux inquiétants.
❾ Quels sont les termes employés pour désigner et décrire le second chat du narrateur ? Classez-les dans un tableau selon qu'ils sont objectifs ou subjectifs.

⑩ D'après vous, pourquoi un seul chat est évoqué dans le titre alors que le récit en compte deux ? De quel motif fantastique s'agit-il ?

Une inquiétante réalité

⑪ Quels sont l'étymologie et les différents sens du mot « baroque » (p. 79, l. 13) ? En quoi les événements racontés dans cette nouvelle peuvent-ils être qualifiés de « baroques » ?
⑫ Dans quels lieux se déroule l'action de la nouvelle ? Trouvez trois adjectifs pour caractériser ces différents lieux.
⑬ Montrez comment le narrateur devient au fil du récit un personnage de plus en plus inquiétant. Se sent-il coupable de ses actes ?
⑭ Relevez le champ lexical de la peur et de l'angoisse dans la nouvelle.
⑮ Comment réagit le narrateur face à certains phénomènes étranges comme l'apparition du chat sur le mur et l'image du gibet sur la poitrine du chat ? Soyez attentif(ve) aux types de phrases employés.
⑯ Pour ces deux événements, quelles sont les deux explications possibles qu'évoque à chaque fois le narrateur ? Privilégie-t-il finalement celle que la raison lui inspire ou celle que son imagination semble lui imposer ?

Rappelez-vous !
Dans une nouvelle fantastique, le début du récit est souvent ancré dans le réel. Progressivement, le surnaturel intervient dans le récit. Des faits étranges se multiplient. Le narrateur comme le lecteur ne comprennent pas les causes de ces événements troublants, hésitant entre une explication rationnelle et une interprétation surnaturelle. Les sentiments de peur et de terreur éprouvés à la lecture sont aussi ressentis par les personnages, pris dans un engrenage qui les dépasse.

De la lecture à l'écriture

Des mots pour mieux écrire

❶ *Complétez chacune des phrases suivantes avec les mots qui conviennent et accordez-les si nécessaire :* **superstitieux, tempérament, impulsion, amertume, morne.**

a. Toujours serviable, joyeux et généreux avec les autres, ce garçon est d'un bon ______.

b. On dit que les gens qui ne veulent pas passer sous une échelle ou qui craignent les chats noirs sont ______.

c. Quand il est énervé, il a souvent des gestes violents : il ne maîtrise pas ses ______.

d. Il est plein d'______ parce que son travail n'a pas été reconnu à sa juste valeur.

e. Depuis que ses amis sont partis, il paraît bien ______.

❷ a. ***Cherchez les définitions des adjectifs suivants :*** pervers, artificieux, vil.

b. ***Trouvez un antonyme pour chacun de ces termes et employez-les pour composer le portrait d'un être admirable en quelques lignes.***

❸ *Complétez ces proverbes qui mettent en scène la figure du chat et donnez leur signification.*

a. Quand le chat n'est pas là, ______________.

b. La nuit, tous les chats ______________.

c. Chat échaudé ______________

d. À bon chat, ______________.

À vous d'écrire

❶ En imaginant que l'animal préféré du narrateur soit le « poisson doré » (p. 80, l. 39), racontez la destinée de celui-ci au fil des changements d'humeur de son maître.
Consigne. Vous respecterez les péripéties du récit original depuis le retour du narrateur, ivre, chez lui, jusqu'à la mort de l'animal. Votre texte sera d'une trentaine de lignes.

❷ Au moment où, descendant à la cave, le narrateur, exaspéré par son chat, veut lui donner un coup de hache, sa femme s'interpose et cherche à le persuader de ne pas commettre un tel acte.
Consigne. Rédigez le discours que la femme du narrateur tient à son mari en l'articulant autour de deux arguments différents. Vous emploierez le présent et l'impératif.

❸ Vous êtes l'avocat en charge de la défense du narrateur, qui a été arrêté pour le meurtre de sa femme. Vous préparez le procès avec lui. Votre point de vue, rationnel, s'oppose au point de vue de votre client, désormais convaincu d'être la victime d'une vengeance de son chat.
Consigne. Sous la forme d'un dialogue, développez les positions de chacun des interlocuteurs en vous appuyant sur les éléments de la nouvelle qui peuvent justifier l'une et l'autre des explications.

Du texte à l'image

➡ Gustave Courbet, *Autoportrait de l'artiste*, 1843-1845.
(Image reproduite en couverture.)

Lire l'image

❶ Observez le tableau reproduit en couverture. Décrivez avec précision le visage de ce portrait.
❷ Quel type de cadrage a été choisi par Gustave Courbet ? Quel effet cela produit-il ?
❸ Que traduit la position des bras et des mains du personnage ?

Comparer le texte et l'image

❹ Quel est le sentiment qui domine dans le regard du jeune homme ? Comparez-le au sentiment éprouvé par le narrateur dans la nouvelle.
❺ En quoi le narrateur de la nouvelle ressemble-t-il à ce personnage ? Retrouvez les passages qui pourraient inspirer au narrateur une expression semblable à celle représentée sur ce tableau.

À vous de créer

❻ Imaginez en une quinzaine de lignes la scène d'épouvante qui pourrait susciter une telle réaction et retranscrivez les émotions du personnage grâce au point de vue interne.
❼ Sur Internet et au CDI de votre collège, cherchez d'autres autoportraits peints par Gustave Courbet et comparez-les.

Ligeia

Première parution
dans l'*American Museum of Science*
de septembre 1838

Et il y a là-dedans la volonté, qui ne meurt pas. Qui donc connaît les mystères de la volonté, ainsi que sa vigueur ? Car Dieu n'est qu'une grande volonté pénétrant toutes choses par l'intensité qui lui est propre. L'homme ne cède pas aux anges et ne se rend entièrement à la mort que par l'infirmité de sa pauvre volonté.

JOSEPH GLANVILL[1].

Je ne puis pas me rappeler, sur mon âme, comment, quand, ni même où je fis pour la première fois connaissance avec lady Ligeia. De longues années se sont écoulées depuis lors, et une grande souffrance a affaibli ma mémoire. Ou, peut-être, ne puis-je plus maintenant me rappeler ces points, parce qu'en vérité le caractère de ma bien-aimée, sa rare instruction, son genre de beauté, si singulier et si placide[2], et la pénétrante et subjugante éloquence[3] de sa profonde parole musicale, ont fait leur chemin dans mon cœur d'une manière si patiente, si constante, si furtive[4], que je n'y ai pas pris garde et n'en ai pas eu conscience.

1. Écrivain et philosophe anglais du XVIIe siècle.
2. **Placide** : doux et calme, serein.
3. **Éloquence** : art de bien parler.
4. **Furtive** : discrète et rapide.

Cependant je crois que je la rencontrai pour la première fois, et plusieurs fois depuis lors, dans une vaste et antique ville délabrée sur les bords du Rhin. Quant à sa famille, très certainement elle m'en a parlé. Qu'elle fût d'une date excessivement ancienne, je n'en fais aucun doute. Ligeia ! Ligeia ! Plongé dans des études qui par leur nature sont plus propres que toute autre à amortir les impressions du monde extérieur, il me suffit de ce mot si doux, Ligeia ! pour ramener devant les yeux de ma pensée l'image de celle qui n'est plus. Et maintenant, pendant que j'écris, il me revient, comme une lueur, que je n'ai *jamais su* le nom de famille de celle qui fut mon amie et ma fiancée, qui devint mon compagnon d'études, et enfin l'épouse de mon cœur. Était-ce par suite de quelque injonction folâtre[1] de ma Ligeia, était-ce une preuve de la force de mon affection, que je ne pris aucun renseignement sur ce point ? Ou plutôt était-ce un caprice à moi, une offrande bizarre et romantique sur l'autel du culte le plus passionné ? Je ne me rappelle le fait que confusément ; faut-il donc s'étonner si j'ai entièrement oublié les circonstances qui lui donnèrent naissance ou qui l'accompagnèrent ? Et, en vérité, si jamais l'esprit de roman, si jamais la pâle *Ashtophet*[2] de l'idolâtre Égypte, aux ailes ténébreuses, ont présidé, comme on dit, aux mariages de sinistre augure[3], très sûrement ils ont présidé au mien.

Il est néanmoins un sujet très cher sur lequel ma mémoire n'est pas en défaut. C'est la *personne* de Ligeia. Elle était d'une grande taille, un peu mince, et même, dans les derniers jours, très amaigrie. J'essayerais en vain de dépeindre la majesté, l'aisance tranquille de sa démarche, et l'incompréhensible légèreté, l'élasticité de son pas. Elle venait et s'en allait comme une ombre. Je ne m'apercevais jamais de son entrée dans mon cabinet de travail que par la chère musique de sa voix douce et profonde,

1. **Injonction folâtre** : ordre enjoué.
2. **Ashtophet** : déesse de l'amour et de la fertilité.
3. **Augure** : présage, signe qui semble annoncer l'avenir.

quand elle posait sa main de marbre sur mon épaule. Quant à la beauté de la figure, aucune femme ne l'a jamais égalée. C'était l'éclat d'un rêve d'opium[1], une vision aérienne et ravissante, plus étrangement céleste que les rêveries qui voltigent dans les âmes assoupies des filles de Délos. Cependant ses traits n'étaient pas jetés dans ce moule régulier qu'on nous a faussement enseigné à révérer dans les ouvrages classiques du paganisme. « Il n'y a pas de beauté exquise, dit lord Verulam[2], parlant avec justesse de toutes les formes et de tous les genres de beauté, sans une certaine *étrangeté* dans les proportions. » Toutefois, bien que je visse que les traits de Ligeia n'étaient pas d'une régularité classique, quoique je sentisse que sa beauté était véritablement *exquise*, et fortement pénétrée de cette *étrangeté*, je me suis efforcé en vain de découvrir cette irrégularité et de poursuivre jusqu'en son gîte ma perception de l'*étrange*. J'examinais le contour du front haut et pâle, un front irréprochable – combien ce mot est froid appliqué à une majesté aussi divine ! – la peau rivalisant avec le plus pur ivoire, la largeur imposante, le calme, la gracieuse proéminence des régions au-dessus des tempes, et puis cette chevelure d'un noir de corbeau, lustrée, luxuriante, naturellement bouclée, et démontrant toute la force de l'expression homérique : *chevelure d'hyacinthe*. Je considérais les lignes délicates du nez, et nulle autre part que dans les gracieux médaillons hébraïques je n'avais contemplé une semblable perfection. C'était ce même jet, cette même surface unie et superbe, cette même tendance presque imperceptible à l'aquilin[3], ces mêmes narines harmonieusement arrondies et révélant un esprit libre. Je regardais la charmante bouche. C'était là qu'était le triomphe de toutes les choses célestes : le tour glorieux de la lèvre supérieure, un peu courte, l'air doucement, voluptueusement reposé de l'inférieure,

1. **Opium** : drogue issue du pavot provoquant des hallucinations.
2. **Lord Verulam** : titre de noblesse du philosophe anglais Francis Bacon (1561-1626), auteur d'un chapitre sur la beauté dans ses *Essais* (1597).
3. **Aquilin** : adjectif employé pour caractériser un nez fin.

les fossettes qui se jouaient et la couleur qui parlait, les dents, réfléchissant comme une espèce d'éclair chaque rayon de la lumière bénie qui tombait sur elles dans ses sourires sereins et placides, mais toujours radieux et triomphants. J'analysais la forme du menton, et là aussi je trouvais la grâce dans la largeur, la douceur et la majesté, la plénitude et la spiritualité grecques, ce contour que le dieu Apollon ne révéla qu'en rêve à Cléomènes[1], fils de Cléomènes d'Athènes. Et puis je regardais dans les grands yeux de Ligeia.

Pour les yeux, je ne trouve pas de modèles dans la plus lointaine antiquité. Peut-être bien était-ce dans les yeux de ma bien-aimée que se cachait le mystère dont parle lord Verulam. Ils étaient, je crois, plus grands que les yeux ordinaires de l'humanité ; mieux fendus que les plus beaux yeux de gazelle de la tribu de la vallée de Nourjahad. Mais ce n'était que par intervalles, dans des moments d'excessive animation, que cette particularité devenait singulièrement frappante. Dans ces moments-là, sa beauté était – du moins elle apparaissait telle à ma pensée enflammée – la beauté de la fabuleuse houri[2] des Turcs. Les prunelles étaient du noir le plus brillant, et surplombées par des cils de jais[3] très longs. Ses sourcils, d'un dessin légèrement irrégulier, avaient la même couleur. Toutefois, l'*étrangeté* que je trouvais dans les yeux était indépendante de leur forme, de leur couleur et de leur éclat, et devait décidément être attribuée à l'*expression*. Ah ! mot qui n'a pas de sens ! un pur son ! vaste latitude où se retranche toute notre ignorance du spirituel ! L'expression des yeux de Ligeia ! Combien de longues heures ai-je médité dessus ! Combien de fois, durant toute une nuit d'été, me suis-je efforcé de les sonder ! Qu'était donc ce je ne sais quoi, ce quelque chose

1. **Cléomènes** : sculpteur athénien.
2. **Houri** : dans la religion musulmane, très belle femme, à la peau blanche et aux yeux noirs, promise aux fidèles qui accèderont au paradis.
3. **Jais** : noir luisant.

plus profond que le puits de Démocrite[1], qui gisait au fond des pupilles de ma bien-aimée ? Qu'était cela ? J'étais possédé de la passion de le découvrir. Ces yeux ! ces larges, ces brillantes, ces divines prunelles ! elles étaient devenues pour moi les étoiles jumelles de Léda, et moi j'étais pour elles le plus fervent des astrologues.

Il n'y a pas de cas, parmi les nombreuses et incompréhensibles anomalies de la science psychologique, qui soit plus saisissant, plus excitant, que celui, négligé, je crois, dans les écoles, où, dans nos efforts pour ramener dans notre mémoire une chose oubliée depuis longtemps, nous nous trouvons souvent *sur le bord même* du souvenir, sans pouvoir toutefois nous souvenir. Et ainsi, que de fois, dans mon ardente analyse des yeux de Ligeia, ai-je senti s'approcher la complète connaissance de leur expression ! Je l'ai sentie s'approcher, mais elle n'est pas devenue tout à fait mienne, et à la longue elle a disparu entièrement ! Et – étrange, oh ! le plus étrange des mystères ! – j'ai trouvé dans les objets les plus communs du monde une série d'analogies[2] pour cette expression. Je veux dire qu'après l'époque où la beauté de Ligeia passa dans mon esprit et s'y installa comme dans un reliquaire, je puisai dans plusieurs êtres du monde matériel une sensation analogue à celle qui se répandait sur moi, en moi, sous l'influence de ses larges et lumineuses prunelles. Cependant, je n'en suis pas moins incapable de définir ce sentiment, de l'analyser ou même d'en avoir une perception nette. Je l'ai reconnu quelquefois, je le répète, à l'aspect d'une vigne rapidement grandie, dans la contemplation d'une phalène[3], d'un papillon, d'une chrysalide, d'un courant d'eau précipité. Je l'ai trouvé dans l'Océan, dans la chute d'un météore. Je l'ai senti dans les regards de quelques personnes

1. Selon le philosophe grec Démocrite (460-370 av. J.-C.), la vérité se trouve au fond d'un puits.
2. **Analogies** : ressemblances.
3. **Phalène** : papillon nocturne.

extraordinairement âgées. Il y a dans le ciel une ou deux étoiles, plus particulièrement une étoile de sixième grandeur, double et changeante, qu'on trouvera près de la grande étoile de la Lyre, qui, vues au télescope, m'ont donné un sentiment analogue. Je m'en suis senti rempli par certains sons d'instruments à cordes, et quelquefois aussi par des passages de mes lectures. Parmi d'innombrables exemples, je me rappelle fort bien quelque chose dans un volume de Joseph Glanvill, qui, peut-être simplement à cause de sa bizarrerie, qui sait ? m'a toujours inspiré le même sentiment : « Et il y a là-dedans la volonté qui ne meurt pas. Qui donc connaît les mystères de la volonté, ainsi que sa vigueur ? Car Dieu n'est qu'une grande volonté pénétrant toutes choses par l'intensité qui lui est propre. L'homme ne cède aux anges et ne se rend entièrement à la mort que par l'infirmité de sa pauvre volonté. »

Par la suite des temps, et par des réflexions subséquentes[1], je suis parvenu à déterminer un certain rapport éloigné entre ce passage du philosophe anglais et une partie du caractère de Ligeia. Une *intensité* singulière dans la pensée, dans l'action, dans la parole, était peut-être en elle le résultat ou au moins l'indice de cette gigantesque puissance de volition[2] qui, durant nos longues relations, eût pu donner d'autres et plus positives preuves de son existence. De toutes les femmes que j'ai connues, elle, la toujours placide Ligeia, à l'extérieur si calme, était la proie la plus déchirée par les tumultueux vautours de la cruelle passion. Et je ne pouvais évaluer cette passion que par la miraculeuse expansion de ces yeux qui me ravissaient et m'effrayaient en même temps, par la mélodie presque magique, la modulation, la netteté et la placidité de sa voix profonde, et par la sauvage énergie des étranges paroles qu'elle prononçait habituellement, et dont l'effet était doublé par le contraste de son débit.

---

1. **Subséquentes** : qui ont suivi.
2. **Volition** : acte de volonté.

J'ai parlé de l'instruction de Ligeia ; elle était immense, telle que jamais je n'en vis de pareille dans une femme. Elle connaissait à fond les langues classiques, et, aussi loin que s'étendaient mes propres connaissances dans les langues modernes de l'Europe, je ne l'ai jamais prise en faute. Véritablement, sur n'importe quel thème de l'érudition académique, si vantée, si admirée, uniquement parce qu'elle est plus abstruse[1], ai-je jamais trouvé Ligeia en faute ? Combien ce trait unique de la nature de ma femme, seulement dans cette dernière période, avait frappé, subjugué mon attention ! J'ai dit que son instruction dépassait celle d'aucune femme que j'eusse connue, mais où est l'homme qui a traversé, avec succès, tout le vaste champ des sciences morales, physiques et mathématiques ? Je ne vis pas alors ce que maintenant je perçois clairement, que les connaissances de Ligeia étaient gigantesques, étourdissantes ; cependant j'avais une conscience suffisante de son infinie supériorité pour me résigner, avec la confiance d'un écolier, à me laisser guider par elle à travers le monde chaotique des investigations métaphysiques[2] dont je m'occupais avec ardeur dans les premières années de notre mariage. Avec quel vaste triomphe, avec quelles vives délices, avec quelle espérance éthéréenne[3] sentais-je, ma Ligeia penchée sur moi au milieu d'études si peu frayées, si peu connues, s'élargir par degrés cette admirable perspective, cette longue avenue, splendide et vierge, par laquelle je devais enfin arriver au terme d'une sagesse trop précieuse et trop divine pour n'être pas interdite !

Aussi, avec quelle poignante douleur ne vis-je pas, au bout de quelques années, mes espérances si bien fondées prendre leur vol et s'enfuir ! Sans Ligeia, je n'étais qu'un enfant tâtonnant dans la nuit. Sa présence, ses leçons pouvaient seules éclairer d'une lumière vivante les mystères du transcendantalisme[4] dans lesquels

1. **Abstruse** : difficile à comprendre.
2. **Investigations métaphysiques** : recherches philosophiques.
3. **Éthéréenne** : très élevée.
4. **Transcendantalisme** : courant de pensée philosophique et religieux.

nous nous étions plongés. Privée du lustre rayonnant de ses yeux, toute cette littérature, ailée et dorée naguère, devenait maussade, saturnienne[1] et lourde comme le plomb. Et maintenant, ces beaux yeux éclairaient de plus en plus rarement les pages que je déchiffrais. Ligeia tomba malade. Les étranges yeux flamboyèrent avec un éclat trop splendide ; les pâles doigts prirent la couleur de la mort, la couleur de la cire transparente ; les veines bleues de son grand front palpitèrent impétueusement au courant de la plus douce émotion. Je vis qu'il lui fallait mourir, et je luttai désespérément en esprit avec l'affreux Azraël[2].

Et les efforts de cette femme passionnée furent, à mon grand étonnement, encore plus énergiques que les miens. Il y avait certes dans sa sérieuse nature de quoi me faire croire que pour elle la mort viendrait sans son monde de terreurs ; mais il n'en fut pas ainsi. Les mots sont impuissants pour donner une idée de la férocité de résistance qu'elle déploya dans sa lutte avec l'Ombre. Je gémissais d'angoisse à ce lamentable spectacle. J'aurais voulu la calmer, j'aurais voulu la raisonner ; mais dans l'intensité de son sauvage désir de vivre, de vivre, de *rien* que vivre, toute consolation et toutes raisons eussent été le comble de la folie. Cependant, jusqu'au dernier moment, au milieu des tortures et des convulsions de son sauvage esprit, l'apparente placidité de sa conduite ne se démentit pas. Sa voix devenait plus douce, devenait plus profonde, mais je ne voulais pas m'appesantir sur le sens bizarre de ces mots prononcés avec tant de calme. Ma cervelle tournait, quand je prêtais l'oreille en extase à cette mélodie surhumaine, à ces ambitions et à ces aspirations que l'humanité n'avait jamais connues jusqu'alors.

Qu'elle m'aimât, je n'en pouvais douter, et il m'était aisé de deviner que, dans une poitrine telle que la sienne, l'amour ne devait pas régner comme une passion ordinaire. Mais, dans

1. **Saturnienne** : triste, mélancolique.
2. **Azraël** : dans la religion musulmane, ange de la mort.

la mort seulement, je compris toute la force et toute l'étendue de son affection. Pendant de longues heures, ma main dans la sienne, elle épanchait devant moi le trop-plein d'un cœur dont le dévouement plus que passionné montait jusqu'à l'idolâtrie. Comment avais-je mérité la béatitude d'entendre de pareils aveux? Comment avais-je mérité d'être damné à ce point que ma bien-aimée me fût enlevée à l'heure où elle m'en octroyait[1] la jouissance? Mais il ne m'est pas permis de m'étendre sur ce sujet. Je dirai seulement que dans l'abandonnement plus que féminin de Ligeia à un amour, hélas! non mérité, accordé tout à fait gratuitement, je reconnus enfin le principe de son ardent, de son sauvage regret de cette vie qui fuyait maintenant si rapidement. C'est cette ardeur désordonnée, cette véhémence[2] dans son désir de la vie, et de *rien* que la vie, que je n'ai pas la puissance de décrire; les mots me manqueraient pour l'exprimer.

Juste au milieu de la nuit pendant laquelle elle mourut, elle m'appela avec autorité auprès d'elle, et me fit répéter certains vers composés par elle peu de jours auparavant. Je lui obéis. Ces vers, les voici :

Voyez! c'est nuit de gala
Depuis ces dernières années désolées!
Une multitude d'anges, ailés, ornés
De voiles, et noyés dans les larmes,
Est assise dans un théâtre, pour voir
Un drame d'espérances et de craintes,
Pendant que l'orchestre soupire par intervalles
La musique des sphères.

Des mimes, faits à l'image du Dieu très haut,
Marmottent[3] *et marmonnent tout bas*

1. **Octroyait** : accordait.
2. **Véhémence** : force, intensité, violence.
3. **Marmottent** : parlent entre leurs dents.

Et voltigent de côté et d'autre;
Pauvres poupées qui vont et viennent
Au commandement de vastes êtres sans forme
Qui transportent la scène çà et là,
Secouant de leurs ailes de condor[1]
L'invisible Malheur!

Ce drame bigarré[2] *! oh! à coup sûr,*
Il ne sera pas oublié,
Avec son Fantôme éternellement pourchassé
Par une foule qui ne peut pas le saisir,
À travers un cercle qui toujours retourne
Sur lui-même, exactement au même point!
Et beaucoup de Folie, et encore plus de Péché
Et d'Horreur font l'âme de l'intrigue!

Mais voyez, à travers la cohue[3] *des mimes,*
Une forme rampante fait son entrée!
Une chose rouge de sang qui vient en se tordant
De la partie solitaire de la scène!
Elle se tord! Elle se tord! Avec des angoisses mortelles
Les mimes deviennent sa pâture[4]*,*
Et les séraphins[5] *sanglotent en voyant les dents du ver*
Mâcher des caillots de sang humain.

Toutes les lumières s'éteignent, toutes, toutes!
Et sur chaque forme frissonnante,
Le rideau, vaste drap mortuaire,
Descend avec la violence d'une tempête,

1. **Condor** : vautour.
2. **Bigarré** : formé d'éléments très variés.
3. **Cohue** : foule.
4. **Pâture** : nourriture.
5. **Séraphins** : anges.

Et les anges, tous pâles et blêmes,
Se levant et se dévoilant, affirment
Que ce drame est une tragédie qui s'appelle l'Homme,
Et dont le héros est le Ver conquérant.

– Ô Dieu ! cria presque Ligeia, se dressant sur ses pieds et étendant ses bras vers le ciel dans un mouvement spasmodique[1], comme je finissais de réciter ces vers, ô Dieu ! ô Père céleste ! ces choses s'accompliront-elles irrémissiblement[2] ? Ce conquérant ne sera-t-il jamais vaincu ? Ne sommes-nous pas une partie et une parcelle de Toi ! Qui donc connaît les mystères de la volonté ainsi que sa vigueur ? L'homme ne cède aux anges et ne se rend *entièrement à la mort* que par l'infirmité de sa pauvre volonté.

Et alors, comme épuisée par l'émotion, elle laissa retomber ses bras blancs, et retourna solennellement à son lit de mort. Et comme elle soupirait ses derniers soupirs, il s'y mêla sur ses lèvres comme un murmure indistinct. Je tendis l'oreille, et je reconnus de nouveau la conclusion du passage de Glanvill : « L'homme ne cède aux anges et ne se rend entièrement à la mort que par l'infirmité de sa pauvre volonté. »

Elle mourut ; et moi, anéanti, pulvérisé par la douleur, je ne pus pas supporter plus longtemps l'affreuse désolation de ma demeure dans cette sombre cité délabrée aux bords du Rhin. Je ne manquais pas de ce que le monde appelle la fortune. Ligeia m'en avait apporté plus, beaucoup plus que n'en comporte la destinée ordinaire des mortels. Aussi, après quelques mois perdus dans un vagabondage fastidieux[3] et sans but, je me jetai dans une espèce de retraite dont je fis l'acquisition, une abbaye dont je ne veux pas dire le nom, dans une des parties les plus incultes[4] et les moins fréquentées de la belle Angleterre. La sombre et triste grandeur du bâtiment, l'aspect presque sauvage du domaine,

1. **Spasmodique** : convulsif, saccadé.
2. **Irrémissiblement** : irrémédiablement.
3. **Fastidieux** : ennuyeux, fatigant.
4. **Incultes** : abandonnées.

les mélancoliques et vénérables souvenirs qui s'y rattachaient, étaient à l'unisson du sentiment de complet abandon qui m'avait exilé dans cette lointaine et solitaire région. Cependant, tout en laissant à l'extérieur de l'abbaye son caractère primitif presque intact et le verdoyant délabrement qui tapissait ses murs, je me mis avec une perversité enfantine, et peut-être avec une faible espérance de distraire mes chagrins, à déployer au-dedans des magnificences plus que royales. Je m'étais, depuis l'enfance, pénétré d'un grand goût pour ces folies, et maintenant elles me revenaient comme un radotage de la douleur. Hélas! je sens qu'on aurait pu découvrir un commencement de folie dans ces splendides et fantastiques draperies, dans ces solennelles sculptures égyptiennes, dans ces corniches et ces ameublements bizarres, dans les extravagantes arabesques de ces tapis tout fleuris d'or! J'étais devenu un esclave de l'opium, il me tenait dans ses liens, et tous mes travaux et mes plans avaient pris la couleur de mes rêves. Mais je ne m'arrêterai pas au détail de ces absurdités. Je parlerai seulement de cette chambre, maudite à jamais, où dans un moment d'aliénation mentale je conduisis à l'autel et pris pour épouse, après l'inoubliable Ligeia! lady Rowena Trevanion de Tremaine, à la blonde chevelure et aux yeux bleus.

Il n'est pas un détail de l'architecture ou de la décoration de cette chambre nuptiale qui ne soit maintenant présent à mes yeux. Où donc la hautaine famille de la fiancée avait-elle l'esprit, quand, mue par la soif de l'or, elle permit à une fille si tendrement chérie de passer le seuil d'un appartement décoré de cette étrange façon? J'ai dit que je me rappelais minutieusement les détails de cette chambre, bien que ma triste mémoire perde souvent des choses d'une rare importance; et pourtant il n'y avait pas dans ce luxe fantastique de système ou d'harmonie qui pût s'imposer au souvenir.

La chambre faisait partie d'une haute tour de cette abbaye, fortifiée comme un château; elle était d'une forme pentagonale et d'une grande dimension. Tout le côté sud du pentagone était occupé par une fenêtre unique, faite d'une immense glace de Venise, d'un seul morceau et d'une couleur sombre, de sorte que les rayons du soleil ou de la lune qui la traversaient jetaient sur les objets intérieurs une lumière sinistre. Au-dessus de cette énorme fenêtre se prolongeait le treillis[1] d'une vieille vigne qui grimpait sur les murs massifs de la tour. Le plafond, de chêne presque noir, était excessivement élevé, façonné en voûte et curieusement sillonné d'ornements des plus bizarres et des plus fantastiques, d'un style semi-gothique, semi-druidique. Au fond de cette voûte mélancolique, au centre même, était suspendue, par une seule chaîne d'or faite de longs anneaux, une vaste lampe de même métal en forme d'encensoir, conçue dans le goût sarrasin et brodée de perforations capricieuses, à travers lesquelles on voyait courir et se tortiller avec la vitalité d'un serpent les lueurs continues d'un feu versicolore.

Quelques rares ottomanes[2] et des candélabres[3] d'une forme orientale occupaient différents endroits, et le lit aussi, le lit nuptial, était dans le style indien, bas, sculpté en bois d'ébène massif, et surmonté d'un baldaquin qui avait l'air d'un drap mortuaire. À chacun des angles de la chambre se dressait un gigantesque sarcophage de granit noir, tiré des tombes des rois en face de Louqsor, avec son antique couvercle chargé de sculptures immémoriales. Mais c'était dans la tenture de l'appartement, hélas ! qu'éclatait la fantaisie capitale. Les murs prodigieusement hauts, au-delà même de toute proportion, étaient tendus du haut jusqu'en bas d'une tapisserie lourde et d'apparence massive qui tombait par vastes nappes, tapisserie faite avec la même matière qui avait été employée pour le tapis du parquet, les ottomanes, le lit d'ébène, le baldaquin du lit et les somptueux rideaux qui cachaient en partie la fenêtre. Cette matière était un tissu d'or des plus riches,

1. **Treillis** : entrecroisement de lattes sur lesquelles se fixent les pieds de vigne.
2. **Ottomanes** : canapés à dossier arrondi.
3. **Candélabres** : grands chandeliers à plusieurs branches.

tacheté, par intervalles irréguliers, de figures arabesques, d'un pied de diamètre environ, qui enlevaient sur le fond leurs dessins d'un noir de jais. Mais ces figures ne participaient du caractère arabesque que quand on les examinait à un seul point de vue. Par un procédé aujourd'hui fort commun, et dont on retrouve la trace dans la plus lointaine antiquité, elles étaient faites de manière à changer d'aspect. Pour une personne qui entrait dans la chambre, elles avaient l'air de simples monstruosités ; mais à mesure qu'on avançait, ce caractère disparaissait graduellement, et, pas à pas, le visiteur changeant de place se voyait entouré d'une procession continue de formes affreuses, comme celles qui sont nées de la superstition du Nord, ou celles qui se dressent dans les sommeils coupables des moines. L'effet fantasmagorique[1] était grandement accru par l'introduction artificielle d'un fort courant d'air continu derrière la tenture, qui donnait au tout une hideuse et inquiétante animation.

Telle était la demeure, telle était la chambre nuptiale où je passai avec la dame de Tremaine les heures impies[2] du premier mois de notre mariage, et je les passai sans trop d'inquiétude.

Que ma femme redoutât mon humeur farouche, qu'elle m'évitât, qu'elle ne m'aimât que très médiocrement, je ne pouvais pas me le dissimuler ; mais cela me faisait presque plaisir. Je la haïssais d'une haine qui appartient moins à l'homme qu'au démon. Ma mémoire se retournait – oh ! avec quelle intensité de regret ! – vers Ligeia, l'aimée, l'auguste, la belle, la morte. Je faisais des orgies de souvenirs ; je me délectais dans sa pureté, dans sa sagesse, dans sa haute nature éthéréenne, dans son amour passionné, idolâtrique. Maintenant mon esprit brûlait pleinement et largement d'une flamme plus ardente que n'avait été la sienne. Dans l'enthousiasme de mes rêves opiacés[3], car j'étais habituellement sous l'empire du poison, je criais son nom

1. **Fantasmagorique** : fantastique, surnaturel.
2. **Impies** : sacrilèges.
3. **Opiacés** : qui contiennent de l'opium.

à haute voix durant le silence de la nuit, et, le jour, dans les retraites ombreuses des vallées, comme si, par l'énergie sauvage, la passion solennelle, l'ardeur dévorante de ma passion pour la défunte, je pouvais la ressusciter dans les sentiers de cette vie qu'elle avait abandonnés; pour *toujours*? était-ce vraiment *possible*?

Au commencement du second mois de notre mariage, lady Rowena fut attaquée d'un mal soudain dont elle ne se releva que lentement. La fièvre qui la consumait rendait ses nuits pénibles, et, dans l'inquiétude d'un demi-sommeil, elle parlait de sons et de mouvements qui se produisaient çà et là dans la chambre de la tour, et que je ne pouvais vraiment attribuer qu'au dérangement de ses idées ou peut-être aux influences fantasmagoriques de la chambre. À la longue, elle entra en convalescence[1], et finalement elle se rétablit.

Toutefois, il ne s'était écoulé qu'un laps de temps fort court quand une nouvelle attaque plus violente la rejeta sur son lit de douleur, et, depuis cet accès, sa constitution, qui avait toujours été faible, ne put jamais se relever complètement. Sa maladie montra, dès cette époque, un caractère alarmant et des rechutes plus alarmantes encore, qui défiaient toute la science et tous les efforts de ses médecins. À mesure qu'augmentait ce mal chronique qui, dès lors sans doute, s'était trop bien emparé de sa constitution pour en être arraché par des mains humaines, je ne pouvais m'empêcher de remarquer une irritation nerveuse croissante dans son tempérament et une excitabilité telle que les causes les plus vulgaires lui étaient des sujets de peur. Elle parla encore, et plus souvent alors, avec plus d'opiniâtreté[2], des bruits, des légers bruits, et des mouvements insolites dans les rideaux, dont elle avait, disait-elle, déjà souffert.

---

1. **Entra en convalescence** : alla mieux.
2. **Opiniâtreté** : obstination.

Une nuit, vers la fin de septembre, elle attira mon attention sur ce sujet désolant avec une énergie plus vive que de coutume. Elle venait justement de se réveiller d'un sommeil agité, et j'avais épié, avec un sentiment moitié d'anxiété, moitié de vague terreur, le jeu de sa physionomie[1] amaigrie. J'étais assis au chevet du lit d'ébène, sur un des divans indiens. Elle se dressa à moitié, et me parla à voix basse, dans un chuchotement anxieux, de sons qu'elle venait d'entendre, mais que je ne pouvais pas entendre, de mouvements qu'elle venait d'apercevoir, mais que je ne pouvais apercevoir. Le vent courait activement derrière les tapisseries, et je m'appliquai à lui démontrer, ce que, je le confesse, je ne pouvais pas croire entièrement, que ces soupirs à peine articulés et ces changements presque insensibles dans les figures du mur n'étaient que les effets naturels du courant d'air habituel. Mais une pâleur mortelle qui inonda sa face me prouva que mes efforts pour la rassurer seraient inutiles. Elle semblait s'évanouir, et je n'avais pas de domestiques à ma portée. Je me souvins de l'endroit où avait été déposé un flacon de vin léger ordonné par les médecins, et je traversai vivement la chambre pour me le procurer. Mais comme je passais sous la lumière de la lampe, deux circonstances d'une nature saisissante attirèrent mon attention. J'avais senti que quelque chose de palpable, quoique invisible, avait frôlé légèrement ma personne, et je vis sur le tapis d'or, au centre même du riche rayonnement projeté par l'encensoir, une ombre, une ombre faible, indéfinie, d'un aspect angélique, telle qu'on peut se figurer l'ombre d'une Ombre. Mais, comme j'étais en proie à une dose exagérée d'opium, je ne fis que peu d'attention à ces choses, et je n'en parlai point à Rowena.

Je trouvai le vin, je traversai de nouveau la chambre, et je remplis un verre que je portai aux lèvres de ma femme défaillante. Cependant elle était un peu remise, et elle prit le verre elle-même,

---

1. **Physionomie** : visage.

pendant que je me laissais tomber sur l'ottomane, les yeux fixés sur sa personne.

Ce fut alors que j'entendis distinctement un léger bruit de pas sur le tapis et près du lit; et une seconde après, comme Rowena allait porter le vin à ses lèvres, je vis, je puis l'avoir rêvé, je vis tomber dans le verre, comme de quelque source invisible suspendue dans l'atmosphère de la chambre, trois ou quatre grosses gouttes d'un fluide brillant et couleur de rubis. Si je le vis, Rowena ne le vit pas. Elle avala le vin sans hésitation, et je me gardai bien de lui parler d'une circonstance que je devais, après tout, regarder comme la suggestion d'une imagination surexcitée, et dont tout, les terreurs de ma femme, l'opium et l'heure, augmentait l'activité morbide.

Cependant je ne puis pas me dissimuler qu'immédiatement après la chute des gouttes rouges, un rapide changement en mal s'opéra dans la maladie de ma femme; si bien que, la troisième nuit, les mains de ses serviteurs la préparaient pour la tombe, et que j'étais assis seul, son corps enveloppé dans le suaire[1], dans cette chambre fantastique qui avait reçu la jeune épouse. D'étranges visions, engendrées par l'opium, voltigeaient autour de moi comme des ombres. Je promenais un œil inquiet sur les sarcophages, dans les coins de la chambre, sur les figures mobiles de la tenture et sur les lueurs vermiculaires[2] et changeantes de la lampe du plafond. Mes yeux tombèrent alors, comme je cherchais à me rappeler les circonstances d'une nuit précédente, sur le même point du cercle lumineux, là où j'avais vu les traces légères d'une ombre. Mais elle n'y était plus; et, respirant avec plus de liberté, je tournai mes regards vers la pâle et rigide figure allongée sur le lit. Alors je sentis fondre sur moi mille souvenirs de Ligeia, je sentis refluer vers mon cœur, avec la tumultueuse violence d'une marée, toute cette ineffable[3] douleur que j'avais

---

1. **Suaire** : pièce de toile dont on couvre la tête et le corps des morts.
2. **Vermiculaires** : qui ont la forme d'un ver.
3. **Ineffable** : indescriptible, indicible.

sentie quand je l'avais vue, *elle* aussi, dans son suaire. La nuit avançait, et toujours, le cœur plein des pensées les plus amères dont *elle* était l'objet, *elle*, mon unique, mon suprême amour, je restais les yeux fixés sur le corps de Rowena.

Il pouvait bien être minuit, peut-être plus tôt, peut-être plus tard, car je n'avais pas pris garde au temps, quand un sanglot, très bas, très léger, mais très distinct, me tira en sursaut de ma rêverie. Je *sentis* qu'il venait du lit d'ébène, du lit de mort. Je tendis l'oreille, dans une angoisse de terreur superstitieuse, mais le bruit ne se répéta pas. Je forçai mes yeux à découvrir un mouvement quelconque dans le corps, mais je n'en aperçus pas le moindre.

Cependant il était impossible que je me fusse trompé. J'avais entendu le bruit, faible à la vérité, et mon esprit était bien éveillé en moi. Je maintins résolument et opiniâtrement mon attention clouée au cadavre. Quelques minutes s'écoulèrent sans aucun incident qui pût jeter un peu de jour sur ce mystère. À la longue, il devint évident qu'une coloration légère, très faible, à peine sensible, était montée aux joues et avait filtré le long des petites veines déprimées des paupières. Sous la pression d'une horreur et d'une terreur inexprimables, pour lesquelles le langage de l'humanité n'a pas d'expression suffisamment énergique, je sentis les pulsations de mon cœur s'arrêter et mes membres se roidir sur place.

Cependant le sentiment du devoir me rendit finalement mon sang-froid. Je ne pouvais pas douter plus longtemps que nous n'eussions fait prématurément nos apprêts funèbres[1] ; Rowena vivait encore. Il était nécessaire de pratiquer immédiatement quelques tentatives ; mais la tour était tout à fait séparée de la partie de l'abbaye habitée par les domestiques, il n'y en avait aucun à portée de la voix, je n'avais aucun moyen de les appeler à mon aide, à moins de quitter la chambre pendant quelques

---

1. **Apprêts funèbres** : toilette d'un mort, préparatifs pour l'enterrement.

minutes, et quant à cela, je ne pouvais m'y hasarder. Je m'efforçai donc de rappeler à moi seul et de fixer l'âme encore voltigeante. Mais, au bout d'un laps de temps très court, il y eut une rechute évidente ; la couleur disparut de la joue et de la paupière, laissant une pâleur plus que marmoréenne[1] ; les lèvres se serrèrent doublement et se recroquevillèrent dans l'expression spectrale de la mort ; une froideur et une viscosité répulsives se répandirent rapidement sur toute la surface du corps, et la complète rigidité cadavérique survint immédiatement. Je retombai en frissonnant sur le lit de repos d'où j'avais été arraché si soudainement, et je m'abandonnai de nouveau à mes rêves, à mes contemplations passionnées de Ligeia.

Une heure s'écoula ainsi, quand – était-ce, grand Dieu ! possible ? – j'eus de nouveau la perception d'un bruit vague qui partait de la région du lit. J'écoutai, au comble de l'horreur. Le son se fit entendre de nouveau, c'était un soupir. Je me précipitai vers le corps, je vis, je vis distinctement un tremblement sur les lèvres. Une minute après, elles se relâchaient, découvrant une ligne brillante de dents de nacre. La stupéfaction lutta alors dans mon esprit avec la profonde terreur qui jusque-là l'avait dominé. Je sentis que ma vue s'obscurcissait, que ma raison s'enfuyait ; et ce ne fut que par un violent effort que je trouvai à la longue le courage de me roidir à la tâche que le devoir m'imposait de nouveau. Il y avait maintenant une carnation[2] imparfaite sur le front, la joue et la gorge ; une chaleur sensible pénétrait tout le corps ; et même une légère pulsation remuait imperceptiblement la région du cœur.

Ma femme *vivait;* et avec un redoublement d'ardeur, je me mis en devoir de la ressusciter. Je frictionnai et je bassinai[3] les tempes et les mains, et j'usai de tous les procédés que l'expérience et de

1. **Marmoréenne** : semblable à la couleur du marbre.
2. **Carnation** : coloration de la peau.
3. **Bassinai** : mouillai légèrement.

nombreuses lectures médicales pouvaient me suggérer. Mais ce fut en vain. Soudainement, la couleur disparut, la pulsation cessa, l'expression de mort revint aux lèvres, et, un instant après, tout le corps reprenait sa froideur de glace, son ton livide, sa rigidité complète, son contour amorti, et toute la hideuse caractéristique de ce qui a habité la tombe pendant plusieurs jours.

Et puis, je retombai dans mes rêves de Ligeia, et de nouveau, s'étonnera-t-on que je frissonne en écrivant ces lignes ? – *de nouveau* un sanglot étouffé vint à mon oreille de la région du lit d'ébène. Mais à quoi bon détailler minutieusement les ineffables horreurs de cette nuit ? Raconterai-je combien de fois, coup sur coup, presque jusqu'au petit jour, se répéta ce hideux drame de ressuscitation ; que chaque effrayante rechute se changeait en une mort plus rigide et plus irrémédiable ; que chaque nouvelle agonie ressemblait à une lutte contre quelque invisible adversaire, et que chaque lutte était suivie de je ne sais quelle étrange altération dans la physionomie du corps ? Je me hâte d'en finir.

La plus grande partie de la terrible nuit était passée, et celle qui était morte remua de nouveau, et cette fois-ci plus énergiquement que jamais, quoique se réveillant d'une mort plus effrayante et plus irréparable. J'avais depuis longtemps cessé tout effort et tout mouvement, et je restais cloué sur l'ottomane, désespérément englouti dans un tourbillon d'émotions violentes, dont la moins terrible peut-être, la moins dévorante, était un suprême effroi. Le corps, je le répète, remuait, et maintenant plus activement qu'il n'avait fait jusque-là. Les couleurs de la vie montaient à la face avec une énergie singulière, les membres se relâchaient, et, sauf que les paupières restaient toujours lourdement fermées, et que les bandeaux et les draperies funèbres communiquaient encore à la figure leur caractère sépulcral[1], j'aurais rêvé que Rowena avait entièrement secoué les chaînes de la Mort. Mais si, dès lors, je

1. **Sépulcral** : qui évoque la tombe, la mort.

n'acceptai pas entièrement cette idée, je ne pus pas douter plus longtemps, quand, se levant du lit, et vacillant, d'un pas faible, les yeux fermés, à la manière d'une personne égarée dans un rêve, l'être qui était enveloppé du suaire s'avança audacieusement et palpablement dans le milieu de la chambre.

Je ne tremblai pas, je ne bougeai pas, car une foule de pensées inexprimables, causées par l'air, la stature, l'allure du fantôme, se ruèrent à l'improviste dans mon cerveau, et me paralysèrent, me pétrifièrent. Je ne bougeais pas, je contemplais l'apparition. C'était dans mes pensées un désordre fou, un tumulte inapaisable. Était-ce bien la *vivante* Rowena que j'avais en face de moi ? *cela* pouvait-il être vraiment Rowena, lady Rowena Trevanion de Tremaine, à la chevelure blonde, aux yeux bleus ? Pourquoi, oui, *pourquoi* en doutais-je ? Le lourd bandeau oppressait la bouche ; pourquoi donc cela n'eût-il pas été la bouche respirante de la dame de Tremaine ? Et les joues ? oui, c'étaient bien là les roses du midi de sa vie ; oui, ce pouvaient être les belles joues de la vivante lady de Tremaine. Et le menton, avec les fossettes de la santé, ne pouvait-il pas être le sien ? Mais *avait-elle donc grandi depuis sa maladie ?* Quel inexprimable délire s'empara de moi à cette idée ! D'un bond j'étais à ses pieds ! Elle se retira à mon contact, et elle dégagea sa tête de l'horrible suaire qui l'enveloppait ; et alors déborda dans l'atmosphère fouettée de la chambre une masse énorme de longs cheveux désordonnés ; *ils étaient plus noirs que les ailes de minuit, l'heure au plumage de corbeau !* Et alors je vis la figure qui se tenait devant moi ouvrir lentement, lentement *les yeux.*

– Enfin, les voilà donc ! criai-je d'une voix retentissante ; pourrais-je jamais m'y tromper ? Voilà bien les yeux adorablement fendus, les yeux noirs, les yeux étranges de mon amour perdu, de lady, de LADY LIGEIA !

Arrêt sur lecture 5

Un quiz pour commencer

Cochez les bonnes réponses.

❶ *Où le narrateur croit-il avoir rencontré pour la première fois Ligeia ?*

- ❐ Dans un palais en Orient.
- ❐ Dans une ville sur les bords du Rhin.
- ❐ Dans une abbaye en Angleterre.

❷ *Quels sont les traits physiques de Ligeia ?*

- ❐ Elle est grande, brune, aux yeux noirs.
- ❐ Elle est petite, blonde, aux yeux bleus.
- ❐ Elle est grande, rousse, aux yeux verts.

❸ *Quelle partie du corps de Ligeia est la plus mystérieuse pour le narrateur ?*

- ❐ Sa bouche.
- ❐ Ses yeux.
- ❐ Sa chevelure.

❹ *Quelle qualité de Ligeia éblouit le narrateur plus que tout ?*
- ❐ Sa générosité.
- ❐ Son érudition.
- ❐ Sa sensibilité.

❺ *Que demande Ligeia à son époux lors de son agonie ?*
- ❐ De jouer un morceau de musique.
- ❐ De réciter certains de ses vers.
- ❐ De prier pour elle.

❻ *Où s'installe le narrateur après la mort de Ligeia ?*
- ❐ Dans une ancienne abbaye.
- ❐ Dans une maison au bord d'un lac.
- ❐ Dans un manoir anglais.

❼ *Quels sont les traits physiques de Rowena ?*
- ❐ Elle est blonde et a les yeux bleus.
- ❐ Elle est brune et a la peau très blanche.
- ❐ Elle est grande et a les cheveux noirs.

❽ *Quel est le sujet de l'inquiétude de Rowena lors de son agonie ?*
- ❐ Elle a l'impression qu'il y a quelqu'un dans sa chambre.
- ❐ Elle n'a pas pu dire adieu à sa famille.
- ❐ Elle ne sait pas ce que va devenir son mari après sa mort.

❾ *Qu'arrive-t-il au narrateur au chevet de Rowena ?*
- ❐ Il croit voir Ligeia.
- ❐ Il se met à pleurer de chagrin.
- ❐ Il s'évanouit.

Des questions pour aller plus loin

☛ Analyser les caractéristiques d'un phénomène fantastique

Un cadre spatio-temporel aux frontières du réel

❶ Au début de la nouvelle, quels sont les temps employés ? Donnez un exemple pour chacun des temps utilisés et indiquez sa valeur.
❷ Relevez le champ lexical de la nuit dans la nouvelle. En quoi ce motif a-t-il une importance particulière dans le genre fantastique ?
❸ Quels sont les différents lieux évoqués par le narrateur ? Repérez les adjectifs utilisés pour décrire ces endroits et caractérisez l'atmosphère qui s'en dégage.
❹ Analysez la description de l'intérieur de l'abbaye (p. 114-116) en relevant les éléments qui composent la décoration de ce lieu. En quoi cette description est-elle fantastique ?

La fragile figure du narrateur

❺ Dressez un portrait psychologique du narrateur en vous appuyant sur des citations du texte. Ce personnage vous semble-t-il acteur ou témoin de son destin ?
❻ Quels sont les rapports que le narrateur entretient avec sa première épouse ? Analysez l'influence de la jeune femme sur lui.
❼ Pour quelle raison le narrateur se met-il à consommer de l'opium ? Quels sont les effets de cette drogue sur lui ?

Ligeia : une héroïne fascinante et inquiétante

❽ Le prénom « Ligeia » est issu de l'adjectif grec *ligueia* signifiant « celle qui a une voix harmonieuse ». Quels liens pouvez-vous établir entre l'étymologie de ce mot et le portrait de la jeune femme ?

❾ Au début de la nouvelle, Ligeia fait l'objet d'une longue description. Analysez la construction de ce portrait en relevant les informations données sur les traits physiques et moraux du personnage.

❿ Quelles figures de comparaison le narrateur emploie-t-il dans les pages 105-106 pour souligner la singulière beauté de Ligeia ? Précisez pour chacune de ces figures le comparant, le comparé et l'outil de comparaison.

⓫ Quelle réaction du narrateur la réapparition de Ligeia provoque-t-elle à la fin de la nouvelle ? Lequel des cinq sens est essentiellement convoqué ?

Le mystère de la morte amoureuse

⓬ Selon quel procédé la nouvelle est-elle construite ? À quel motif fantastique peut-on identifier cette structure ?

⓭ Quels sont les points communs et les différences entre Ligeia et Rowena ? Comparez la relation du narrateur avec sa première et sa seconde épouse.

⓮ Montrez comment le motif de la mort est présent tout au long de la nouvelle.

⓯ Lors de l'agonie de Rowena, quels événements étranges se produisent ?

⓰ En quoi les vers écrits par Ligeia (p. 111-113) annoncent-ils d'une certaine façon la fin de la nouvelle ?

⓱ Analysez les trois derniers paragraphes du texte pour rendre compte de l'effet produit par la chute de la nouvelle. Comment l'hésitation entre deux explications (l'une réelle, l'autre surnaturelle) propre au récit fantastique est-elle maintenue ?

Rappelez-vous !
Les auteurs fantastiques emploient un certain nombre de motifs surnaturels, souvent à la frontière de la vie et de la mort. Dans *Ligeia*, les limites naturelles de la vie sont transgressées par la réapparition de la première épouse du narrateur à la fin de la nouvelle. Cette morte amoureuse, victorieuse de la mort, apparaît au lecteur comme une créature fascinante et effrayante.

De la lecture à l'écriture

Des mots pour mieux écrire

❶ ***Complétez chacune des phrases suivantes avec les mots qui conviennent :*** luxuriante, harmonieux, serein, convalescence, proéminent.

a. Après les épreuves qu'il a vécues, cette nouvelle situation le rend _________.
b. Après cette lourde opération, il est entré en _________ dans une maison de repos.
c. Cet homme est un bon vivant et son ventre _________ en est la preuve.
d. Le climat tropical de cette région explique la végétation _________.
e. Les traits du visage de cette jeune femme sont si _________ qu'ils ressemblent à ceux d'une statue antique.

❷ a. ***Cherchez dans le dictionnaire les différents sens du mot*** lustre.
b. ***Employez ce terme dans deux phrases de votre invention qui mettent en évidence ses significations.***

À vous d'écrire

❶ Lors de son agonie, Rowena décide d'écrire une lettre d'adieu à sa famille dans laquelle elle raconte les étranges événements qu'elle a vécus.
Consigne. Vous rédigerez une lettre d'une vingtaine de lignes. Vous respecterez les codes de la lettre : destinataire, lieu et date, formule d'appel et formule finale.

❷ Écrivez la suite de la nouvelle en imaginant le discours que tient Ligeia, de retour d'entre les morts, au narrateur.
Consigne. Vous emploierez des phrases de types interrogatif et exclamatif. Votre discours sera d'une vingtaine de lignes.

Du texte à l'image

➡ Charles Allan Gilbert, *Tout n'est que vanité*, 1892.
(Image reproduite en début d'ouvrage, au verso de la couverture.)

Lire l'image

❶ Observez attentivement ce tableau. À première vue, que voyez-vous ? Et en prenant un peu de recul ?
❷ Le procédé utilisé par le peintre s'appelle une anamorphose. Analysez la formation de ce mot et cherchez son sens exact dans le dictionnaire.
❸ Quelle atmosphère se dégage de cette scène ?

Comparer le texte et l'image

❹ En quoi cette jeune femme pourrait-elle être le symbole d'une morte amoureuse ?

❺ De quel genre littéraire cette représentation picturale se trouve-t-elle bien l'illustration et pourquoi ? Justifiez votre réponse en prenant appui sur la nouvelle.

À vous de créer

❻ Recherchez sur Internet et au CDI de votre collège des images représentant ce que l'on appelle des vanités. Quels sont les symboles que l'on trouve le plus souvent dans ces tableaux ? Quel est le message de telles représentations ?

Arrêt sur l'œuvre

Des questions sur l'ensemble des nouvelles

Des atmosphères macabres

❶ Relevez les références à la nuit dans les trois nouvelles du recueil. Quels genres d'actions se passent la nuit ?

❷ Quels sont les personnages qui meurent dans ces trois nouvelles ? Comparez les circonstances de leur mort et trouvez un adjectif qui pourrait toutes les caractériser.

❸ Les lieux dans lesquels se déroulent ces événements macabres sont-ils semblables d'une nouvelle à l'autre ?

Des personnages en quête de vérité

❹ Comment les récits des trois nouvelles sont-ils construits ? Comment appelle-t-on ce procédé d'écriture ? Comparez la façon dont les trois narrateurs introduisent leur récit (situation d'énonciation, temps des verbes).

❺ Quels sont les événements énigmatiques auxquels sont confrontés les personnages de ces nouvelles ?

❻ Comparez les différents raisonnements mis en place par les personnages pour découvrir la vérité. Dans quels récits le doute subsiste-t-il ?

Des nouvelles angoissantes

❼ Qu'est-ce qui rend effrayantes les actions de certains personnages dans les trois nouvelles ?
❽ Dans ce recueil, quelles sont les trois créatures qui peuvent susciter l'angoisse ? Faites un bref portrait de chacune d'elles.
❾ Quels sont les personnages qui ressentent de la peur ? Identifiez leurs réactions en relevant les indications qui concernent leur comportement.
❿ Décrivez en quelques lignes les effets que vous avez ressentis en lisant chacune de ces nouvelles.

Des mots pour mieux écrire

Lexique de la peur

Angoisse : inquiétude profonde, peur intense.
Défaillir : perdre connaissance, s'évanouir.
Épouvante : terreur violente et soudaine.
Frayeur : peur soudaine et passagère.
Frémir : être agité d'un léger tremblement.
Horrible : qui inspire de l'épouvante, de l'effroi.
Pétrifier : frapper de stupeur.
Redouter : craindre fortement quelque chose ou quelqu'un.
Suffocation : sensation d'oppression provoquée par la peur, difficulté à respirer.
Tressaillir : être agité de brusques secousses.

Mots cachés

Tous les mots du lexique de la peur se trouvent dans la grille ci-contre. Cherchez-les ; ils sont cachés verticalement, horizontalement ou de biais.

B	X	L	S	U	F	F	O	C	A	T	I	O	N
A	U	F	R	I	K	V	D	O	M	F	H	S	E
N	T	R	E	S	S	A	I	L	L	I	R	Y	I
G	M	A	D	L	B	Z	E	H	R	U	T	O	T
O	F	Y	O	N	A	E	R	I	H	D	M	K	W
I	X	E	U	M	S	I	L	B	O	R	T	C	P
S	L	U	T	V	M	O	A	F	R	Q	R	I	J
S	V	R	E	E	S	A	B	L	R	K	X	C	T
E	M	O	R	D	P	E	T	R	I	F	I	E	R
S	G	F	C	N	O	U	K	A	B	S	W	E	I
H	R	A	Z	D	E	F	A	I	L	L	I	R	S
I	E	P	O	U	V	A	N	T	E	P	N	G	M

Lexique de l'enquête policière

Assassinat : meurtre commis avec préméditation.
Déposition : déclaration, témoignage.
Incarcérer : mettre en prison.
Incriminer : accuser d'un crime.
Indice : fait connu qui sert à constituer une preuve.
Investigation : recherche minutieuse.
Perpétrer : accomplir, exécuter un acte malfaisant.
Soupçons : opinions défavorables qui font attribuer à quelqu'un des actes ou des intentions blâmables.
Témoin : personne appelée à témoigner sous serment en justice pour rapporter ce qu'elle a vu, entendu ou ce qu'elle sait.

Complétez les phrases suivantes à l'aide des mots du lexique de l'enquête policière.

À la suite du crime qui s'est produit en plein centre-ville, un jeune homme de vingt-cinq ans a finalement été _________. Les _________ entreprises par la police ont permis cette arrestation, ainsi que les _________ des _________ qui ont ainsi fourni des _________ très utiles aux enquêteurs.

À vous de créer

Rédiger une nouvelle fantastique

Enthousiasmé(e) par votre lecture de ces trois histoires extraordinaires de Poe, vous décidez de rédiger une nouvelle fantastique suscitant l'angoisse et l'épouvante chez votre lecteur.

Avant de commencer à rédiger votre texte, réfléchissez aux éléments suivants :

– Réunissez le vocabulaire nécessaire pour créer le cadre et l'atmosphère de votre récit fantastique. Vous pouvez vous servir des adjectifs qualificatifs et des expressions choisis par Poe dans ses nouvelles.

– Utilisez un certain nombre de personnages et d'animaux qui appartiennent au monde fantastique (chat noir, diable, fantôme, loup-garou, revenant, morte amoureuse...).

– Cherchez des verbes qui expriment l'idée d'apparition, de surgissement, ou qui rendent compte de transformations, de métamorphoses d'un personnage.

– Choisissez d'apporter ou non une explication rationnelle au(x) phénomène(s) surnaturel(s) que vous racontez.

– Imaginez une chute inattendue qui maintienne le lecteur dans l'hésitation et le laisse sous le choc !

Pour réussir votre nouvelle :

– Respectez les étapes du schéma narratif.

– Tenez compte des caractéristiques du genre de la nouvelle.

– Rédigez un texte d'une trentaine de lignes, à la première personne du singulier en utilisant les temps du passé.

Groupements de textes

Créatures démoniaques

E. T. A. Hoffmann, *Le Marchand de sable*

Maître de la littérature fantastique allemande, E. T. A. Hoffmann (1776-1822) publie en 1816 *Le Marchand de sable*, nouvelle à l'atmosphère effrayante et mystérieuse. Dans l'extrait suivant, Nathanaël écrit une lettre à sa fiancée dans laquelle il lui brosse le portrait du démoniaque Coppelius, qui, lorsqu'il était enfant, fréquentait souvent la maison de ses parents.

« Mais la plus abominable figure n'aurait pu me causer plus profonde épouvante que justement ce Coppelius. – Imagine-toi un homme grand et large d'épaules pourvu d'une grosse tête difforme, d'un visage terreux, de sourcils gris broussailleux de dessous lesquels perce une paire d'yeux de chat verdâtres et d'un nez grand et fort recourbé sur la lèvre supérieure. Sa gueule torve se contracte souvent en un rire sardonique ; alors apparaissent sur les joues quelques taches d'un rouge foncé et un son étrange siffle à travers ses dents serrées. Coppelius apparaissait toujours en habit gris cendre coupé à l'ancienne mode, gilet et culotte de même couleur, mais avec des bas noirs et des souliers ornés de boucles à pierreries. Sa petite perruque, dont les rouleaux collés dominaient de beaucoup ses grandes oreilles rouges, ne recouvrait guère plus que le sommet de sa tête, et une large bourse à cheveux partait tout droit de sa nuque, découvrant la boucle d'argent qui fermait sa cravate foulard. Le personnage tout entier était repoussant et détestable ; mais ce qui nous causait le plus de répugnance, à nous autres enfants, c'était ses grands poings noueux et velus, à tel point que nous ne voulions plus de ce qu'il touchait avec. [...] Il avait pris l'habitude de nous appeler les petites bêtes ; était-il présent, nous n'avions pas le droit d'émettre un seul son, et nous maudissions cet homme laid et hostile qui s'ingéniait à nous gâcher la moindre joie. Notre mère semblait tout autant que nous haïr ce répugnant Coppelius ; car dès qu'il se montrait, sa gaieté et sa sérénité ingénue n'étaient plus que gravité soucieuse et sombre. Notre père se comportait envers lui comme s'il s'agissait d'un être supérieur dont il fallait endurer les manières déplaisantes et qu'il fallait à tout prix maintenir de bonne humeur. »

E. T. A. Hoffmann, *Le Marchand de sable* [1816], trad. de l'allemand par Philippe Forget, Gallimard, « Folio bilingue », 2005.

Mary Shelley,
Frankenstein ou le Prométhée moderne

En publiant *Frankenstein ou le Prométhée moderne*, la romancière britannique Mary Shelley (1797-1851) connaît un vif succès. Dans ce roman gothique et fantastique, elle raconte le destin d'un être monstrueux, fruit de la manipulation hasardeuse du scientifique Frankenstein. Après avoir créé cet individu surhumain, Frankenstein prend la fuite. Quelques mois plus tard, le créateur retrouve sa créature, qu'il hait désormais et dont il ne veut pas entendre la plainte.

« Je suis votre créature, et je me montrerai doux et soumis à mon seigneur et maître naturel, pour autant qu'il s'acquitte lui aussi des devoirs qui lui incombent envers moi. Frankenstein, vous qui faites montre de compassion à l'égard de tous, ne déversez pas votre hargne sur moi seul, à qui, plus qu'à tout autre, vous devez justice et affection. N'oubliez pas que je suis votre créature ;

votre Adam en quelque sorte. Hélas, je suis plutôt un ange déchu qui, sans avoir accompli aucun forfait, se voit refuser l'accès au bonheur. Tous autour de moi se réjouissent, moi seul me morfonds irrémédiablement. J'étais bienveillant et bon ; la misère a fait de moi un monstre. Rendez-moi heureux et je redeviendrai vertueux.

– Disparais ! Je ne veux pas t'entendre. Nulle sympathie ne saurait exister entre toi et moi ; nous sommes ennemis. Arrière ou mesurons notre force dans un combat sans merci.

– Comment puis-je vous émouvoir ? Refuserez-vous donc, malgré mes supplications, de jeter un regard bienveillant à votre créature qui implore votre générosité et votre compassion ? Croyez-moi, Frankenstein, j'étais bon. Mon cœur vibrait d'amour et d'humanité ; hélas, je suis désespérément seul. Vous, mon créateur, n'éprouvez que mépris pour moi. Que puis-je espérer dans ces conditions de vos semblables, qui ne me doivent rien ? Ils me méprisent et me détestent. »

Mary Shelley, *Frankenstein ou le Prométhée moderne* [1818], trad. de l'anglais par Paul Couturiau, Gallimard, « Folioplus classiques », 2008.

Théophile Gautier, *La Morte amoureuse*

Dans cette nouvelle fantastique, Théophile Gautier (1811-1872) rend compte des pouvoirs de l'amour, capable de faire triompher le désir de la mort. Le jour où il est ordonné prêtre, Romuald aperçoit Clarimonde, une femme d'une beauté exceptionnelle. Cette apparition le bouleverse. Il tente d'oublier cette magnifique créature mais une nuit, il est appelé au chevet de Clarimonde, qui est sur le point de mourir. À partir de cet instant, oubliant les mises en garde de son supérieur l'abbé Sérapion, Romuald a le sentiment d'être un autre, amoureux éperdu de Clarimonde qui vient hanter ses nuits.

« Elle posa la lampe sur la table et s'assit sur le pied de mon lit, puis elle me dit en se penchant vers moi avec cette voix argentine et veloutée à la fois que je n'ai connue qu'à elle :

“Je me suis bien fait attendre, mon cher Romuald, et tu as dû croire que je t'avais oublié. Mais je viens de bien loin, et d'un endroit d'où personne n'est encore revenu ; il n'y a ni lune ni soleil au pays d'où j'arrive ; ce n'est que de l'espace et de l'ombre ; ni chemin, ni sentier ; point de terre pour le pied, point d'air pour l'aile ; et pourtant me voici, car l'amour est plus fort que la mort, et il finira par la vaincre. Ah ! que de faces mornes et de choses terribles j'ai vues dans mon voyage ! Que de peine mon âme, rentrée dans ce monde par la puissance de la volonté, a eue pour retrouver son corps et s'y réinstaller ! Que d'efforts il m'a fallu faire avant de lever la dalle dont on m'avait couverte ! Tiens ! le dedans de mes pauvres mains en est tout meurtri. Baise-les pour les guérir, cher amour !" Elle m'appliqua l'une après l'autre les paumes froides de ses mains sur la bouche ; je les baisai en effet plusieurs fois, et elle me regardait faire avec un sourire d'ineffable complaisance.

Je l'avoue à ma honte, j'avais totalement oublié les avis de l'abbé Sérapion et le caractère dont j'étais revêtu. J'étais tombé sans résistance et au premier assaut. Je n'avais pas même essayé de repousser le tentateur ; la fraîcheur de la peau de Clarimonde pénétrait la mienne, et je me sentais courir sur le corps de voluptueux frissons. La pauvre enfant ! malgré tout ce que j'en ai vu, j'ai peine à croire encore que ce fût un démon ; du moins elle n'en avait pas l'air, et jamais Satan n'a mieux caché ses griffes et ses cornes. Elle avait reployé ses talons sous elle et se tenait accroupie sur le bord de la couchette dans une position pleine de coquetterie nonchalante. »

Théophile Gautier, *La Morte amoureuse* [1836], dans *Avatar et autres récits fantastiques*, Gallimard, « Folio classique », 1981.

Guy de Maupassant, *La Peur*

***La Peur* est une nouvelle de Maupassant (1850-1893) qui a paru initialement dans *Le Figaro* du 25 juillet 1884. Avec ce récit fantastique, l'auteur cherche à provoquer l'angoisse et même l'épouvante chez ses lecteurs. Dans l'extrait suivant, le narrateur raconte à un vieux monsieur qui voyage à ses côtés un épisode incroyable de la vie de l'écrivain russe Tourgueniev.**

Il chassait, étant jeune homme, dans une forêt de Russie. Il avait marché tout le jour et il arriva, vers la fin de l'après-midi, sur le bord d'une calme rivière.

Elle coulait sous les arbres, dans les arbres, pleine d'herbes flottantes, profonde, froide et claire.

Un besoin impérieux saisit le chasseur de se jeter dans cette eau transparente. Il se dévêtit et s'élança dans le courant. C'était un très grand et très fort garçon, vigoureux et hardi nageur.

Il se laissait flotter doucement, l'âme tranquille, frôlé par les herbes et les racines, heureux de sentir contre sa chair le glissement léger des lianes.

Tout à coup une main se posa sur son épaule.

Il se retourna d'une secousse et il aperçut un être effroyable qui le regardait avidement.

Cela ressemblait à une femme ou à une guenon. Elle avait une figure énorme, plissée, grimaçante et qui riait. Deux choses innommables, deux mamelles sans doute, flottaient devant elle, et des cheveux démesurés, mêlés, roussis par le soleil, entouraient son visage et flottaient sur son dos.

Tourgueniev se sentit traversé par la peur hideuse, la peur glaciale des choses surnaturelles.

Sans réfléchir, sans songer, sans comprendre il se mit à nager éperdument vers la rive. Mais le monstre nageait plus vite encore et il lui touchait le cou, le dos, les jambes, avec des petits ricanements de joie. Le jeune homme, fou d'épouvante, toucha la berge, enfin, et s'élança de toute sa vitesse à travers le bois, sans même penser à retrouver ses habits et son fusil.

L'être effroyable le suivit, courant aussi vite que lui et grognant toujours.

Le fuyard, à bout de forces et perclus par la terreur, allait tomber, quand un enfant qui gardait des chèvres accourut, armé d'un fouet; il se mit à frapper l'affreuse bête humaine, qui se sauva en poussant des cris de douleur. Et Tourgueniev la vit disparaître dans le feuillage, pareille à une femelle de gorille.

C'était une folle, qui vivait depuis plus de trente ans dans ce bois, de la charité des bergers, et qui passait la moitié de ses jours à nager dans la rivière.

Le grand écrivain russe ajouta : «Je n'ai jamais eu si peur de ma vie, parce que je n'ai pas compris ce que pouvait être ce monstre.»

Guy de Maupassant, *La Peur* [1884] dans *La Peur et autres récits d'épouvante*, Pocket, «Pocket classiques», 2003.

Bram Stoker, *Dracula*

Avec ce roman paru en 1897, Bram Stoker (1847-1912) crée le personnage littéraire de Dracula qui inspirera de nombreuses histoires de vampires. Le récit met en scène un jeune notaire anglais, Jonathan Harker, qui est envoyé en Transylvanie pour rencontrer un nouveau client : le comte Dracula. L'homme qu'il découvre dans sa sinistre demeure est une créature démoniaque : un vampire se nourrissant du sang de ses victimes…

«Le comte gisait dans son cercueil, comme hier, mais il paraissait avoir recouvré une partie de sa jeunesse : ses cheveux et sa moustache, blancs hier encore, avaient, à présent, la couleur du plomb. Les joues paraissaient plus pleines et la peau, toujours blanche, masquait mal, à présent, une rougeur sous-cutanée. La bouche était plus rouge que jamais – d'autant plus que les lèvres montraient encore des gouttes de sang frais qui sortaient des commissures et lui coulaient sur le menton et le cou. Même les yeux, enfoncés, brillants, paraissaient plus profonds dans cette chair neuve, tant étaient gonflés les sourcils et les poches. On eût dit, purement et simplement, que cette monstrueuse créature était gorgée de sang! Il gisait comme une sangsue gonflée et repue. Quand je me penchai pour le toucher, je ne pus m'empêcher de frissonner, tant le moindre de mes sens se révoltait à ce contact. [...] Sa face boursouflée semblait encore déformée par un sourire moqueur qui me rendit fou. Telle était donc la créature qu'avec mon aide on allait transporter à Londres où, peut-être, pendant des siècles encore, il allait satisfaire sa soif de sang aux dépens de millions d'êtres, créer une race nouvelle, toujours de plus en plus étendue, de demi-démons qui domineraient le genre humain. »

Bram Stoker, *Dracula* [1897], trad. de l'anglais par Jacques Finné, GF-Flammarion, « Étonnants classiques », 2004

Détectives, enquêtes et déductions

Conan Doyle, *Le Chien des Baskerville*

Les nombreux romans de l'écrivain écossais Conan Doyle (1859-1930) racontent les aventures du détective Sherlock Holmes et de son ami et assistant, le docteur Watson. Dans *Le Chien des Baskerville*, publié en 1902, les deux personnages enquêtent sur la mystérieuse disparition de Sir Charles Baskerville. Dans le dialogue suivant, Sherlock Holmes met en œuvre son extraordinaire capacité d'analyse.

« Voyez-vous, Watson, sur cette canne je remarque un ou deux indices : assez pour nous fournir le point de départ de plusieurs déductions.

– Une petite chose m'aurait-elle échappé ? demandai-je avec quelque suffisance. J'espère n'avoir rien négligé d'important ?

– J'ai peur, mon cher Watson, que la plupart de vos conclusions ne soient erronées. Quand je disais que vous me stimuliez, j'entendais par là, pour être tout à fait franc, qu'en relevant vos erreurs j'étais fréquemment guidé vers la vérité. Non pas que vous vous soyez trompé du tout au tout dans ce cas précis. Il s'agit certainement d'un médecin de campagne. Et d'un grand marcheur.

– Donc j'avais raison.

– Jusque-là, oui.

– Mais il n'y a rien d'autre...

– Si, si, mon cher Watson ! Il y a autre chose. D'autres choses.

J'inclinerais volontiers à penser, par exemple, qu'un cadeau fait à un médecin provient plutôt d'un hôpital que d'une société de chasse ; quand les initiales « CC » sont placées devant le « H » de Hospital, les mots « Charing-Cross » me viennent naturellement en tête.

– C'est une hypothèse.

– Je n'ai probablement pas tort. Si nous prenons cette hypothèse pour base, nous allons procéder à une reconstitution très différente de notre visiteur inconnu. [...] Considérez les faits sous ce nouvel angle. En quelle occasion un tel cadeau a-t-il pu être fait ? Quand des amis se sont-ils réunis pour offrir ce témoignage d'estime ? De toute évidence à l'époque où le docteur Mortimer a quitté le service hospitalier pour ouvrir un cabinet. Nous savons qu'il y a eu cadeau. Nous croyons qu'il y a eu départ d'un hôpital londonien pour une installation à la campagne. Est-il téméraire de déduire que le cadeau lui a été offert à l'occasion de son départ ?

– Certainement pas. »

Conan Doyle, *Le Chien des Baskerville* [1902], trad. de l'anglais par Bernard Tourville, Gallimard, « Folio junior », 2008.

Gaston Leroux, *Le Mystère de la chambre jaune*

Dans ce roman, Gaston Leroux (1868-1927), fidèle lecteur d'Edgar Allan Poe et de Conan Doyle, fait résoudre à son reporter-détective Rouletabille une difficile énigme : qui a tenté d'assassiner Mathilde Stangerson dans la chambre jaune, pièce fermée de l'intérieur ? Et par où l'assassin s'est-il s'enfui ? En compagnie de M. Darzac et de son ami Sainclair, Rouletabille se rend sur les lieux du drame à la recherche d'indices et propose ses déductions.

« Nous retournâmes tous trois du côté du pavillon. À une centaine de mètres du bâtiment, le reporter nous arrêta, et, nous montrant un petit bosquet sur notre droite, il nous dit :

– Voilà d'où est parti l'assassin pour entrer dans le pavillon.

Comme il y avait d'autres bosquets de cette sorte entre les grands chênes, je demandai pourquoi l'assassin avait choisi celui-ci plutôt que les autres ; Rouletabille me répondit en me désignant le sentier qui passait tout près de ce bosquet et qui conduisait à la porte du pavillon.

– Ce sentier est garni de graviers, comme vous voyez, fit-il. *Il faut* que l'homme ait passé par là pour aller au pavillon, puisqu'on ne trouve pas la trace de ses pas du *voyage aller* sur la terre molle. Cet homme n'a point d'ailes. Il a marché ; mais il a marché sur le gravier qui a roulé sous sa chaussure sans en conserver l'empreinte : ce gravier, en effet, a été roulé par beaucoup d'autres pieds puisque le sentier est le plus direct qui aille du pavillon au château. Quant au bosquet, formé de ces sortes de plantes qui ne meurent point pendant la mauvaise saison – lauriers et fusains –, il a fourni à l'assassin un abri suffisant en attendant que le moment fût venu, pour celui-ci, de se diriger vers le pavillon. C'est, caché dans ce bosquet, que l'homme a vu sortir M. et Mlle Stangerson, puis le père Jacques. On a répandu du gravier jusqu'à la fenêtre – presque – du vestibule. Une empreinte des pas de l'homme, *parallèle* au mur, empreinte que nous remarquions tout à l'heure, et que j'ai déjà vue, prouve qu'« il » n'a eu à faire qu'une enjambée pour se trouver en face de la fenêtre du vestibule, laissée ouverte par le père Jacques. L'homme se hissa alors sur les poignets, et pénétra dans le vestibule.

– Après tout, c'est bien possible ! fis-je… »

Gaston Leroux, *Le Mystère de la chambre jaune* [1907],
Gallimard, « Folioplus classiques », 2003.

Maurice Leblanc,
L'Écharpe de soie rouge

Maurice Leblanc (1864-1941) est le créateur du personnage d'Arsène Lupin, le gentleman-cambrioleur. Dans *L'Écharpe de soie rouge*, Arsène Lupin informe l'inspecteur Ganimard, l'un de ses éternels mais piètres rivaux dans la résolution de certaines affaires, d'un crime dont il a découvert les circonstances. Il le charge de trouver l'identité du meurtrier en lui conseillant de s'inspirer de ses premières réflexions sur les pièces à conviction qu'il a recueillies, tombées du Pont-Neuf sur une péniche…

« Je résume ainsi, en une phrase définitive, l'affaire telle que la racontent ces pièces à conviction. *Hier soir, entre neuf heures et minuit, une demoiselle d'allures excentriques fut blessée à coups de couteau, puis serrée à la gorge jusqu'à ce que mort s'ensuivît, par un monsieur bien habillé, portant monocle, appartenant au monde des courses, et avec lequel ladite demoiselle venait de manger trois meringues et un éclair au café.*

Lupin alluma une cigarette, et, saisissant la manche de Ganimard :

– Hein ! ça t'en bouche un coin, inspecteur principal ! Tu t'imaginais que, dans le domaine des déductions policières, de pareils tours de force étaient interdits au profane. Erreur, Monsieur. Lupin jongle avec les déductions comme un détective de roman. Mes preuves ? Aveuglantes et enfantines.

Et il reprit, en désignant les objets au fur et à mesure de sa démonstration.

– Ainsi, donc, *hier soir après neuf heures* (ce fragment de journal porte la date d'hier et la mention « journal du soir » ; en outre tu peux voir ici, collée au papier, une parcelle de ces bandes jaunes sous lesquelles on envoie les numéros d'abonnés, numéros qui n'arrivent à domicile qu'au courrier de neuf heures), donc, après neuf heures, *un monsieur bien habillé* (veuille bien noter que ce petit éclat de verre présente sur un des bords le trou rond d'un monocle, et que le monocle est un ustensile essentiellement aristocratique), *un monsieur bien habillé est entré dans une pâtisserie* (voici le cartonnage très mince, en forme de boîte, où l'on voit encore un peu de la crème des meringues et de l'éclair qu'on y rangea selon l'habitude). Muni de son paquet, le monsieur au monocle rejoignit cette jeune personne dont cette écharpe de soie rouge écarlate indique suffisamment les *allures excentriques*. L'ayant rejointe, et pour des motifs encore inconnus, il la frappa d'abord *à coups de couteau, puis l'étrangla à l'aide de cette écharpe de soie.* (Prends ta loupe, inspecteur principal, et tu verras, sur la soie, des marques d'un rouge plus foncé qui sont, ici, les marques d'un couteau que l'on essuie, et là, celles d'une main sanglante qui se cramponne à une étoffe.) »

Maurice Leblanc, *L'Écharpe de soie rouge* [1914], dans *Les Confidences d'Arsène Lupin*, Librairie générale française, « Le livre de poche », 1967.

Agatha Christie,
Le Meurtre de Roger Ackroyd

Dans *Le Meurtre de Roger Ackroyd*, Agatha Christie (1890-1976) met en scène un de ses personnages fétiches, le détective Hercule Poirot. Mais qui a tué le grand industriel Roger Ackroyd, retrouvé mort dans sa propriété de la campagne anglaise, Fernly Park ? Poirot mène l'enquête en dédaignant les méthodes d'investigation traditionnelles et en privilégiant une approche psychologique du crime. À la fin du roman, après avoir réuni puis congédié tous les proches de la victime, il livre au narrateur, le docteur Sheppard, ses dernières conclusions sur les circonstances du crime, et notamment sur l'appel téléphonique qui a averti de l'assassinat, en dégageant de toute culpabilité le fils adoptif de Roger Ackroyd, Ralph Paton…

« Vous croyez vraiment que l'une des personnes qui se trouvaient ici ce soir est l'auteur du crime ? demandai-je, sceptique.

– Oui, mon ami.

– Et laquelle ?

Un silence plana pendant quelques minutes. Puis, Poirot lança son mégot dans la cheminée et prit la parole d'une voix calme et réfléchie.

– Je vais refaire avec vous le chemin que j'ai moi-même suivi. Vous ferez chaque pas avec moi, et vous verrez vous-même que tous les indices convergent vers une seule personne, indiscutablement. Pour commencer, deux faits et un petit désaccord sur l'heure ont particulièrement attiré mon attention. Premier fait : le coup de téléphone. Si Ralph Paton était bien le meurtrier, cet appel était inutile et absurde. Donc, ai-je pensé, Ralph Paton n'est pas le coupable.

J'ai vérifié que l'appel ne provenait pas d'une personne de la maison, et pourtant je restais convaincu d'une chose : c'est parmi les personnes présentes à Fernly ce soir-là que je trouverais mon criminel. J'en déduisis que le message avait été envoyé par un comparse… ou, en bon anglais, devrais-je dire un complice ? Cette conclusion ne me satisfaisait guère, mais je m'en contentai pour le moment.

Je m'interrogeai ensuite sur la raison de cet appel : question difficile. Je la posai donc autrement : quel résultat avait-il produit ?

Réponse : la découverte du crime le soir même, au lieu du lendemain matin, ce qui aurait probablement eu lieu sans cela. Vous êtes d'accord ?

– Ou-oui… oui. Mr Ackroyd ayant donné des ordres pour ne plus être dérangé, il est en effet probable que personne ne serait entré dans son cabinet ce soir-là.

– Très bien, nous avançons, semble-t-il. Mais moi, j'étais toujours dans le noir. À quoi bon amener la découverte du crime le soir même, plutôt que le lendemain matin ? La seule idée qui me vint à l'esprit fut la suivante : s'il connaissait l'heure de la découverte du crime, le meurtrier pouvait s'arranger pour se trouver sur les lieux quand on forcerait la porte, ou au moins tout de suite après. »

Agatha Christie, *Le Meurtre de Roger Ackroyd* [1926],
trad. de l'anglais par Françoise Jamoul, Le Masque, 1996.

Léo Malet, Jacques Tardi, *120, rue de la Gare*

En 1988, Jacques Tardi (né en 1946), auteur et dessinateur de bande dessinée, adapte le roman de Léo Malet, *120, rue de la Gare* et donne un visage à l'un des grands détectives du roman noir français, Nestor Burma. Alors qu'il est prisonnier en Allemagne, un détenu amnésique laisse à Nestor Burma un message au moment de mourir : « Dites à Hélène… 120, rue de la Gare… » De retour en France, Burma assiste à la mort de son collaborateur, Colomer, dont les dernières paroles sont identiques. Son enquête lui fait d'abord découvrir les liens filiaux qui unissent Hélène et le détenu, Jo Parry, dit « Jo Tour Eiffel ». Dans la planche ci-contre, l'inspecteur Faroux, qui l'accompagne dans ses recherches, analyse avec lui la lettre retrouvée sur la jeune fille et que son père lui destinait : par un rébus, il lui indiquait où trouver son héritage après sa mort…

Léo Malet, Jacques Tardi, *120, rue de la Gare* [1988], Casterman, 1997.

Autour de l'œuvre

Interview imaginaire d'Edgar Allan Poe

▶▶| *Pouvez-vous nous raconter vos premières années ?*

Je suis né en 1809 à Boston. Mon enfance a été assez mouvementée : mon père disparaît alors que je n'ai qu'un an et ma mère meurt en 1811. À la suite de la mort de mes parents, je suis adopté par Frances et John Allan, un couple de riches négociants. Je me suis désormais appelé Edgar Allan Poe. En 1815, nous avons quitté les États-Unis pour l'Angleterre. J'ai alors bénéficié d'une excellente éducation dans les meilleurs établissements de Londres. Je suis revenu sur le sol américain cinq années plus tard. Ma famille m'a envoyé faire des études dans de prestigieuses écoles de Virginie. Mais, assez vite, j'ai décidé d'arrêter mes études et de partir pour Boston, où je voulais vivre de ma plume.

Edgar Allan Poe (1809-1849)

⏭ *Pour gagner votre vie, quelle voie avez-vous choisie ?*

J'ai commencé par travailler comme pigiste dans différents journaux avant de remporter le premier prix d'un concours organisé par le *Baltimore Saturday Visiter* en 1833 pour un de mes contes : « Le Manuscrit trouvé dans une bouteille ». Ce premier petit succès m'a permis d'être engagé en 1835 au journal *Southern Literary Messenger* en tant que directeur de la section littéraire. Cette activité m'a beaucoup plu. J'ai cherché à plusieurs reprises à fonder ma propre revue. Ces projets n'ont jamais vu le jour, faute d'argent et de soutien.

⏭ *Quand avez-vous commencé à publier des textes de fiction ?*

J'ai très vite profité de mon activité de journaliste et de l'essor de la presse pour faire paraître dans des journaux des nouvelles comme « La Chute de la maison Usher » ou « William Wilson » (1839). En 1840, les *Contes grotesques et fantastiques* ont paru, recueil qui n'a obtenu qu'un succès d'estime. Mes écrits critiques n'ont pas beaucoup marqué mes contemporains, et encore moins mon roman, *Les Aventures d'Arthur Gordon Pym* (1838).

⏭ *Pourquoi préférez-vous composer des récits brefs ?*

J'ai toujours eu la conviction qu'un texte littéraire devait provoquer une réaction immédiate chez le lecteur. Le récit bref m'est ainsi apparu comme la forme la plus appropriée à l'expérimentation de cette idée. De plus, j'ai compris que raconter des histoires dans lesquelles des phénomènes inquiétants tourmentaient les personnages avait bien plus d'impact sur le lecteur quand ces histoires étaient courtes : la chute du récit est ainsi un peu plus surprenante !

⏭ *Quels écrivains ont permis que votre œuvre soit reconnue en France ?*

En 1851, Charles Baudelaire a découvert mon œuvre lors d'un voyage à Londres. Il a traduit et fait publier mes contes et poèmes, témoignant par là de son admiration pour mon projet esthétique : *Histoires extraordinaires* (1856), *Nouvelles Histoires extraordinaires* (1857) et *Histoires grotesques et sérieuses* (1865). Stéphane Mallarmé a traduit pour sa part certains de mes poèmes. Ces traductions ont permis de faire connaître mon travail et ont séduit des auteurs comme Gérard de Nerval. Mes récits fantastiques ont influencé leurs propres écrits, quand je suis encore ignoré dans mon pays natal.

⏭ *Pouvez-vous nous parler des derniers jours mystérieux de votre existence ?*

Le 24 septembre 1849, après des années particulièrement difficiles, je quitte Richmond en bateau pour Baltimore. On me retrouve quelques jours plus tard dans une taverne de Baltimore, méconnaissable et presque inconscient. Je meurs à l'hôpital le 7 octobre 1849 sans avoir pu dire ce qui m'était arrivé... Plusieurs explications ont été données pour tenter de comprendre ma mystérieuse mort : certains ont prétendu que j'avais consommé trop d'alcool ou que j'étais très malade depuis longtemps. Mais la théorie la plus largement admise s'appuie sur les événements que connaissait la ville de Baltimore à ce moment-là : la corruption et la violence qui régnaient lors des élections qui s'y déroulaient firent certainement une victime de plus. Ce dernier épisode de ma vie alimenta les légendes que Charles Baudelaire contribua à répandre en m'érigeant comme un poète maudit.

Contexte historique et culturel

Création et développement des États-Unis d'Amérique

Durant toute la première moitié du XIXe siècle, les présidents américains mènent une politique d'expansion territoriale. Ils repoussent la frontière toujours plus à l'Ouest et mènent des guerres contre les Indiens. Sur ces nouvelles terres s'installe une population de plus en plus nombreuse, composée d'immigrants venus d'Europe, et atteignant vingt-trois millions d'habitants vers 1850. La conquête accomplie, chasseurs, trappeurs et chercheurs d'or se vouent à l'agriculture. L'essor de l'industrie dans les États du Nord favorise le développement d'une bourgeoisie d'affaires qui domine la classe moyenne et un prolétariat déjà important. Dans le Sud, une aristocratie se fonde sur les richesses que les plantations de coton lui fournissent. Deux idéologies s'opposent très vite : les idéaux démocratiques du Nord et les valeurs nobiliaires des esclavagistes du Sud.

Douze ans après la mort de Poe, le Sud fera sécession en déclenchant une guerre civile contre le Nord.

Les débuts de la littérature américaine

Au début du XIXe siècle, en dehors des chroniques, des traités théologiques et de quelques poèmes, la littérature américaine ne compte que peu d'œuvres. Le réalisme national est à l'honneur dans les œuvres de James Fenimore Cooper (1789-1851) sur les Amérindiens (*Le Dernier des Mohicans*, *La Prairie* et *Le Tueur de daim*). Herman Melville (1819-1891) publie *Moby Dick* en 1851 et devient le symbole du romantisme américain.

Influencé par les romans gothiques anglais, Edgar Allan Poe occupe une place particulière dans le paysage littéraire américain qui prend forme alors. Il apparaît dans son pays comme un auteur original. Pour protéger les jeunes talents du plagiat, il rédige, en tant que critique littéraire, un projet de loi sur le copyright pour chercher à garantir le respect du droit d'auteur. Sur différents plans, Edgar Allan Poe a ainsi contribué à la naissance d'une véritable littérature américaine.

Une époque mouvementée en France

Si les États-Unis vivent leurs premières confrontations politiques, la France connaît aussi une période tourmentée dans la première moitié du XIXe siècle. Jusqu'en 1815, l'Empire renforce les acquis de la Révolution française mais l'épopée de Napoléon Ier s'achève lors de la défaite de la bataille de Waterloo. La Restauration assure le retour au pouvoir de la noblesse, mais Louis XVIII et Charles X, puis Louis-Philippe, ne parviennent pas à répondre aux aspirations du peuple, que la société industrielle plonge dans la misère. En 1848, la révolte éclate, réprimée par l'armée et la IIe République succède à la monarchie de Juillet. Le 2 décembre 1851, le coup d'État du président de la République, Louis-Napoléon Bonaparte, qui se fait proclamer empereur, est dénoncé par certains écrivains comme Victor Hugo ou Charles Baudelaire.

« Le beau est toujours bizarre » (Baudelaire, *Art poétique*)

Alors que les scientifiques cherchent à expliquer rationnellement de nombreux phénomènes naturels, plusieurs écrivains européens, dès la fin du XVIIIe siècle, construisent des univers mystiques et inquiétants qui inspirent tout particulièrement Edgar Allan Poe.

Comme dans les romans gothiques anglais, Edgar Allan Poe situe l'intrigue de certaines de ses nouvelles dans des châteaux baroques, des abbayes recluses ou des manoirs délabrés. Il exploite également la fascination de ses contemporains pour les phénomènes troublants et compose des personnages qui ne sont jamais très loin de la folie. La brièveté de ses nouvelles lui permet de produire un véritable « effet » sur le lecteur et de rendre l'expression de l'étrange plus frappante encore.

Les traductions de Charles Baudelaire et l'admiration que le poète porte à Edgar Allan Poe contribuent à la diffusion de ce projet esthétique qui influence la création littéraire européenne, comme, en France, les œuvres de Gérard de Nerval et de Théophile Gautier, ou bien en Russie, celles de Fédor Dostoïevski.

Repères chronologiques

1776	**Déclaration d'indépendance des États-Unis.**
1794	A. Radcliffe, *Les Mystères d'Udolphe* (roman).
1815	**Défaite de Napoléon à Waterloo.**
1818	M. Shelley, *Frankenstein* (roman).
1826	J.F. Cooper, *Le Dernier des Mohicans* (roman).
1830	Stendhal, *Le Rouge et le Noir* (roman). H. Berlioz, *La Symphonie fantastique* (musique).
1830	**En France, début de la monarchie de Juillet (règne de Louis-Philippe).**
1831	T. Gautier, *La Cafetière* (nouvelle). E. Delacroix, *La Liberté guidant le peuple* (peinture).
1837	P. Mérimée, *La Vénus d'Ille* (nouvelle).
1838	Ch. Dickens, *Oliver Twist* (roman).
1840	E. Allan Poe, *Contes grotesques et fantastiques* (contes et nouvelles).
1846	F. Dostoïevski, *Le Double* (roman).
1848	**En France, début de la IIe République.**
1851-1852	**En France, coup d'État de Louis-Napoléon Bonaparte qui se proclame l'empereur Napoléon III.**
1856	Traduction par Ch. Baudelaire des *Histoires extraordinaires* d'E. Allan Poe (nouvelles).
1857	G. Flaubert, *Madame Bovary* (roman). Ch. Baudelaire, *Les Fleurs du mal* (poésie); traduction des *Nouvelles Histoires extraordinaires* d'E. Allan Poe.
1861	**Aux États-Unis, début de la guerre de Sécession.**
1865	Traduction par Ch. Baudelaire des *Histoires grotesques et sérieuses* d'E. Allan Poe (nouvelles).

Les grands thèmes de l'œuvre

Des créatures inquiétantes

Des animaux mortifères

Dans le cadre de ces récits fantastiques, le chat noir et l'orang-outang sont des créatures inquiétantes à l'origine de la mort de certains personnages.

À la fin de « Double assassinat dans la rue Morgue », l'orang-outang apparaît clairement comme le meurtrier de Mme L'Espanaye et de sa fille. Bien que connu, en particulier grâce aux travaux du zoologiste Cuvier, que cite Dupin, cet animal est d'autant plus redouté que sa cruauté est exposée avant même qu'il ne soit identifié. C'est la structure de la nouvelle qui, en remontant du crime au criminel, fait de cette créature un monstre effrayant. En effet, l'identité du meurtrier n'est révélée qu'après que l'enquêteur a souligné l'horreur du crime et qu'il a insisté sur la « force prodigieuse » (p. 57) du criminel. Les réactions du narrateur, quant à elles, renforcent le mystère en laissant imaginer au lecteur « un fou », « un maniaque furieux » (p. 58), dont les empreintes et les cheveux ne sont pas humains.

Le narrateur du « Chat noir » rappelle dès le début de son récit rétrospectif que le chat noir qu'il vient d'acquérir n'est pas sans inquiéter sa femme, « qui au fond n'était pas peu pénétrée de superstition, [et qui] faisait de fréquentes allusions à l'ancienne croyance populaire qui regardait tous les chats noirs comme des sorcières déguisées » (p. 80). Le nom même de Pluton confirme la persistance de « l'ancienne croyance », puisque Pluton est le dieu des Enfers dans la mythologie romaine. Si Pluton est bien la victime de la folie meurtrière du narrateur, certaines circonstances rendent le second chat noir à l'origine de la mort de sa femme.

La figure de la morte amoureuse

Dans la tradition des apparitions spectrales des romans gothiques de la fin du XVIIIe siècle, Edgar Allan Poe consacre une de ces nouvelles fantastiques à un personnage qui inspire en Europe des auteurs comme Théophile Gautier : la morte amoureuse. Ce motif fantastique est développé par l'auteur des *Nouvelles extraordinaires* dans « Ligeia » : à la fin de la nouvelle, la première épouse du narrateur apparaît sous les yeux de son mari, surgissant du corps agonisant de Rowena. Ce retour dans le monde des vivants semble préparé tout au long de l'histoire. Au début de la nouvelle, le portrait de la jeune femme est esquissé dans une atmosphère macabre : très vite, la belle jeune femme tombe malade. Ligeia refuse pourtant sa propre disparition, affirmant son « sauvage désir de vivre » (p. 110). Ses derniers mots l'apparentent à une prophétesse, délivrant une vérité qui reste mystérieuse, jusqu'à ce qu'on interprète sa résurrection comme la réalisation de ce vœu d'éternité. Ce refus de mourir rejoint le désir persistant du narrateur qui vit dans le souvenir de sa bien-aimée depuis sa mort. Ligeia le hante et l'obsède. Le fantôme de la disparue reprend finalement vie aux yeux du narrateur et permet le triomphe de l'amour sur la mort. Mais ce triomphe de l'amour sur la mort se fait au prix de l'existence de Rowena qui succombe à mesure que l'ombre de Ligeia est plus présente dans l'imagination du mari désespéré. Poe rend ainsi ambiguë cette figure de la morte amoureuse et propose une variation originale et inquiétante sur le thème fantastique du mort vivant.

La mise à l'épreuve de la raison

Des phénomènes troublants

Le genre fantastique se caractérise par l'apparition de phénomènes qui s'apparentent le plus souvent chez Poe à des visions ou à des situations particulièrement frappantes.

Le double assassinat de la rue Morgue provoque des réactions horrifiées non seulement parce qu'il a été sanglant, mais aussi en raison du caractère incompréhensible de l'affaire : le lieu du crime était fermé de l'intérieur et aucun mobile apparent ne fait avancer l'enquête. La série d'indices relevés dans un premier temps par Dupin ne fait que rendre plus mystérieux encore ce meurtre, comme le caractère inconciliable des dépositions qui concernent les voix entendues par les témoins.

Dans « Le Chat noir » et « Ligeia », certaines apparitions sont plus troublantes encore parce qu'elles semblent transgresser les limites du visible. Dans la première nouvelle, le narrateur est hanté par des visions étranges : l'image du chat noir sur le mur de sa maison, l'image d'un gibet se dessinant sur la poitrine du chat noir qui a succédé à Pluton. Dans « Ligeia », des bruits et des « mouvements insolites » (p. 117) préoccupent

Rowena alors qu'elle agonise. Son mari lui-même, alors qu'il est à son chevet croit d'abord sentir « quelque chose de palpable, quoique invisible », avant de voir « une ombre faible, indéfinie, d'un aspect angélique, telle qu'on peut se figurer l'ombre d'une Ombre » (p. 118).

Poe explore les domaines de l'imagination et de l'inconscient en mettant en scène des phénomènes extraordinaires qui abolissent les limites entre le possible et l'impossible.

Explications rationnelles et interprétations surnaturelles

Confrontés à un véritable sentiment d'étrangeté, les narrateurs et personnages des nouvelles cherchent à donner une explication aux événements qui les troublent. Ainsi l'enquêteur Dupin n'a de cesse de découvrir la vérité et de « démontrer que l'impossibilité [n'est] qu'apparente » (p. 46). Analyste à la logique exemplaire, il examine, s'interroge, suppose et parvient à prouver que l'enquête n'est pas insoluble. À l'aide du narrateur, il résout le mystère de façon évidente. Le principe fondamental de l'hésitation qui caractérise le genre fantastique est ainsi maintenu d'une certaine façon dans cette nouvelle policière par l'intermédiaire du personnage de Dupin. Le lecteur reste en effet perplexe face aux qualités extraordinaires de cet étrange enquêteur que sa puissance même de raisonnement rend inquiétant.

Les narrateurs des deux autres nouvelles du recueil usent tous deux de substances, l'opium et l'alcool, qui troublent leurs perceptions et leurs réactions. Mais seul le mari de Ligeia tente à plusieurs reprises d'expliquer par cette consommation le caractère très insolite de ses visions : « Comme j'étais en proie à une dose exagérée d'opium, je ne fis que peu attention à ces choses » (p. 118). Le maître des deux chats noirs quant à lui a recours à des explications qu'il cherche à rendre rationnelles, à l'issue de véritables réflexions. Ainsi il lui semble possible que le chat soit apparu sur le mur restant de sa maison en ruine après avoir été « détaché de l'arbre par quelqu'un, et jeté dans [sa] chambre à travers une fenêtre ouverte » (p. 84). Il propose alors une explication très technique : « La chute des autres murailles avait comprimé la victime de ma cruauté dans la substance du plâtre fraîchement étendu : la chaux de ce mur, combinée avec les flammes et l'ammoniaque du cadavre, avait ainsi opéré l'image telle que je la voyais » (p. 84).

Certains phénomènes restent pourtant à la seule appréciation du lecteur. Celui-ci ne peut ainsi qu'imaginer que l'excès d'alcool ou la folie fasse voir au narrateur du « Chat noir » l'image d'un gibet se dessiner sur la poitrine du chat. La raison du lecteur tout autant que celle des narrateurs est ainsi mise à l'épreuve.

De la peur à la folie

Ces événements étranges qui ponctuent les intrigues des récits fantastiques perturbent fortement les personnages. Dans chacune des nouvelles, le champ lexical de la peur est très important. Par exemple, un profond étonnement frappe le narrateur de « Double assassinat dans la rue Morgue » devant les premières explications de Dupin, et se transforme peu à peu en un véritable effroi.

Mais c'est surtout dans les deux autres nouvelles du recueil que Poe cherche à suggérer les hantises de ses personnages, la désorganisation progressive de leur conscience par des peurs diffuses ou de brusques montées d'angoisse. Le narrateur du « Chat noir » assiste à la transformation de son propre caractère. Sa violence s'accroît et sa terreur du chat noir devient obsessionnelle. L'écriture de la nouvelle à la première personne du singulier focalise le lecteur sur le point de vue du narrateur personnage. Le lecteur est happé par les angoisses et la folie délirante du narrateur. C'est en cela que les nouvelles de Poe sont véritablement fantastiques, faisant ainsi fortement effet sur le lecteur.

Fenêtres sur...

Des ouvrages à lire

Des romans policiers

• **Georges Simenon, *L'Affaire Saint-Fiacre* [1959], Librairie générale française, « Le livre de poche », 2003.**
Une mystérieuse lettre anonyme annonce à la police qu'un crime va être commis dans l'église de Saint-Fiacre. Maigret se rend dans ce village. Le lendemain de son arrivée, le commissaire retrouve à l'église la comtesse de Sainte-Fiacre, morte, victime d'une crise cardiaque. Maigret est convaincu que cette crise cardiaque n'est pas due au hasard...

• **Boileau-Narcejac, *Sans Atout et le cheval fantôme* [1971], Gallimard, « Folio junior », 1999.**
François Robion, alias Sans Atout, passe ses vacances en Bretagne, au château de Kermoal. À son arrivée, il apprend que depuis une semaine, tous les soirs à minuit, on entend le bruit d'un cheval dans le château. Serait-ce un cheval fantôme ? Sans Atout mène l'enquête.

• **Anthony Horowitz, *Le Faucon malté* [1986], trad. de l'anglais par A. Le Goyat, Librairie générale française, « Le livre de poche », 2002.**
Nick, jeune garçon de treize ans, vit avec son frère Herbert. Après avoir été renvoyé de la police, Herbert décide de s'improviser détective privé. Un matin, le nain Johnny Naples, qui semble redouter de très gros ennuis, frappe à sa porte et lui offre beaucoup d'argent pour qu'il garde précieusement... une boîte de chocolats. Rebondissements et humour en cascade font de ce livre un excellent roman policier.

• **Christian Grenier, *L'OrdinaTueur*, Rageot, « Cascade policier », 1997.**
L'inspecteur Germain demande à Laure-Gisèle de venir l'aider à éclaircir une étrange série de meurtres : six hommes d'une cinquantaine d'années ont été retrouvés morts devant leur ordinateur. La jeune fille constate qu'il s'agissait à chaque fois du modèle ultra-moderne « Omnia » et que de troublants points communs existaient entre les victimes. Ne se cacherait-il pas derrière l'écran un adversaire aussi inattendu que dangereux ?

Des récits fantastiques

• Théophile Gautier, *Contes fantastiques*, Gallimard, « La bibliothèque Gallimard », 1999.
Dans ces nouvelles fantastiques, Théophile Gautier compose un univers troublant peuplé de personnages doubles, de créatures inquiétantes sorties d'un tableau ou d'une tapisserie, de fantômes effrayants et de mortes amoureuses qui reviennent du passé.

• Villiers de l'Isle-Adam, *L'Ève future* [1886], Gallimard, « Folio », 1993.
Le génial inventeur Edison aide son ami Lord Ewald en créant une automate, Hadaly, qui ressemble en tous points à l'inaccessible cantatrice Alicia Clary dont ce dernier est éperdument amoureux. Conquis par la grâce de cette nouvelle Ève, Ewald décide de la transporter dans son château en Angleterre pour vivre avec elle... Fille de la science mais surtout du rêve, de l'idéal et du désir, cette créature extraordinaire intrigue et fascine tout à la fois.

• Philipp Pullman, *La Mécanique du diable*, Flammarion, « Père Castor », 2000.
À la Taverne du Cheval Blanc, Karl, un apprenti horloger, écoute le conteur local qui raconte l'histoire d'un docteur horloger qui parvient à ressusciter les morts. Pénètre alors dans l'auberge un mystérieux personnage qui ressemble étrangement au docteur du conte... Jusqu'à quel point la réalité va-t-elle rejoindre la fiction ?

Des films à voir

(Toutes les œuvres citées ci-dessous sont disponibles en DVD.)

Des adaptations cinématographiques des nouvelles d'Edgar Allan Poe

• Les adaptations de Roger Corman
Entre 1960 et 1965, le cinéaste américain Roger Corman a adapté des nouvelles de Poe comme La Tombe de Ligeia, Le Chat noir, La Chute de la maison Usher. *Il travaille avec un maître de la littérature fantastique, Richard Matheson. Dans ces films, Roger Corman plonge le spectateur dans une atmosphère envoûtante et inquiétante.*

Des films angoissants

• *Nosferatu*, Friedrich Wilhelm Murnau, noir et blanc, 1922.
Ce chef-d'œuvre du cinéma muet d'épouvante est une libre adaptation du roman de Bram Stocker, Dracula *(1897). Nosferatu est un vampire, une créature monstrueuse : le crâne chauve et déformé, les mains décharnées et le regard obnubilé. De son château en ruines de Transylvanie à sa nouvelle propriété à Wismar, il répand la mort et la désolation.*

• *Les Oiseaux*, Alfred Hitchcock, couleur, 1963.
Inspiré de la nouvelle homonyme de Daphné Du Maurier publiée en 1952, Hitchcock raconte dans ce film les attaques inexpliquées d'oiseaux de toutes espèces sur les habitants d'une petite ville en Californie. L'effroi gagne vite le spectateur au fil des apparitions effrayantes des oiseaux rendus fantastiques grâce, notamment, aux effets spéciaux utilisés.

Un CD à écouter

• *Nouvelles d'Edgar Poe*, lues par Christian Benedetti, Frémeaux éditions, 1999.
Ce CD comprend les nouvelles suivantes : « Le Scarabée d'or », « La Lettre volée », « Morella ».

Des œuvres d'art à découvrir

• Henri Füssli, *Le Cauchemar*, huile sur toile, 1781.
Francfort, Allemagne, Musée Goethe.

• Francisco Goya, *Le Sabbat des sorcières*, huile sur toile, 1821-1823.
Madrid, Espagne, Musée du Prado.

Cet ouvrage a été composé par Palimpseste à Paris.

Imprimé en Espagne par Novaprint
N° d'édition : 004981-01 – Dépôt légal : mars 2009